# 똥 싼 울 엄마 마주보기

## — 어머니의 논문 中

오 국
에세이집

도서출판
청어

# 똥 싼 울 엄마 마주보기

오 국 지음


발 행 처 · 도서출판 **청어**
발 행 인 · 이영철
영　　업 · 이동호
홍　　보 · 천성래
기　　획 · 남기환
편　　집 · 방세화
디 자 인 · 이수빈 | 김영은
제작이사 · 공병한
인　　쇄 · 두리터

등　　록 · 1999년 5월 3일
(제321-3210000251001999000063호)

**1판 1쇄 발행** · 2022년 7월 30일

주　　소 · 서울특별시 서초구 남부순환로 364길 8-15 동일빌딩 2층
대표전화 · 02-586-0477
팩시밀리 · 0303-0942-0478

홈페이지 · www.chungeobook.com
E-mail · ppi20@hanmail.net
I S B N · 979-11-6855-053-7(03810)

# 똥 싼 울 엄마 마주보기

## — 어머니의 논문 中

오 국 에세이집

## 저자의 말

### 등장인물

외할머니: 냉골에서도 꼿꼿이 앉아 계신 분

아버지: 아편으로 섬에서 휴양차 그곳에서 오약국 운영

어머니: 아버지 아편을 끊게 하신 분으로 엄하고 반듯하여 나에겐 스승 같고 벗 같으신 분

오빠: 고향 찾은 이에게 밥 잘 사주는 사람

큰올케: 대농(시골)의 딸로 꽃집하며 어머니와 28년 동거

동생: 도리맨(회사 대표)

동생 처: 도리우먼(공무원)

본인: 난 커피숍을 하고 있으며 친정 노모랑 알콩달콩 절반은 좋고 또 절반은 싸우며 살고 있다. 난 다시 태어나도 어머니 딸로 태어나고 싶다. 운명보다 더 진한 숙명의 관계로 딸의 인연으로 태어나서 눈물나게 감사드린다. 어머니는 이젠 눈멀고 귀 어둡고 기저귀 차고 너무 늙어버렸다. 내 소중한 어머니와 행복한 순간순간과 기쁘면 뜨거운 눈물이 나고, 슬프면 헛웃음이 나는 그런 이야기들을 기록해 보았다.

딸 오국 올림

차례



## 제1부
## 엄마의 사랑법

제2부

## 박꽃 같은 내 아버지

제3부
## 이발하는 날

제4부

## 마지막 내 어머니께 드린 글

거꾸로 가는 세상은 울 엄마 세상
나이가 들수록 10살 철없고 가여운 울 엄마
오선 악보에 어머니의 세상은 늘상 도돌이표
그말 또 하고 진도가 안 나간다.

이젠 귀어둡고 틀니마저도 속살이 빠졌나 덜크덩…
어릴적 내 아이 엉덩이 포동포동 우리 아이처럼
울 엄마도 기저귀를 차신다.

우린 지금 서로 마주보고 있다.
속상해서 울고 화해하고 안쓰러하며
뜨거운 눈물이 절로 절로 난다.
그러면서도 알콩달콩 살아가는 이야기이다.

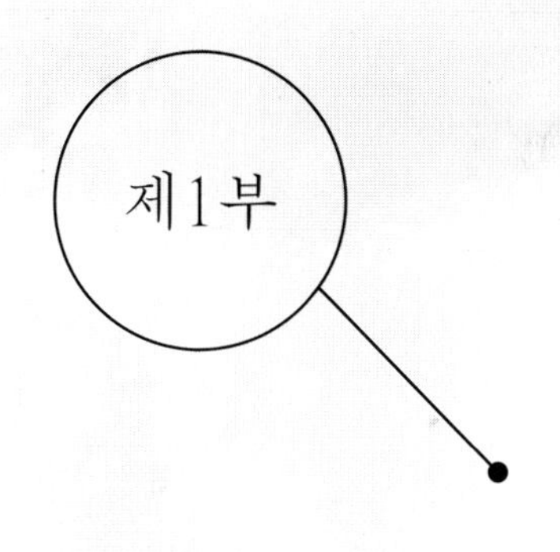


# 엄마의 사랑법

# 소중한 어머님

*

친정엄마랑은 서로 사랑하기에 싸운 것 같다.

내 일상을 보니 그런 것 같다. 절반은 미치도록 좋고 또 절반은 싸우다가 하루가 간다. 세상은 참 내 맘대로 안 되는 것 같다. 그게 인생이며 세상인 것 같다.

그래도 난 성공한 사람이지 않을까?

엄마와 함께 있으니…

참으로 행복하지 않는가?

이 세상 사람들 다 나와 봐라. 나처럼 부자가 있는가?

이 나이에 엄마라고 부를 수 있는 엄마가 내 곁에 있지 않은가? 내가 얼마나 행복한지 모른다. 엄마가 지금 내 곁에 계셔 엄마라고 부를 수 있으니 난 부자이고 세상천지가 다 내 것이다. 난 삼성 이재용보다 더 부자다.

# 참 좋은 세상

*

세상은 얼마나 좋은지…

엄마가 된똥을 싸든, 줄줄 설사를 싸든, 천둥벼락치기 똥이 벽에 튀기든 참 좋은 세상이다. 우선 비닐 팩이 있고, 비닐장갑이 있고, 똥 담을 책받침이 있어서 나에겐 참 좋은 세상이다.

울 엄마 똥 치우는 것은 누워서 떡 먹기다.

# 잠자는 순서

*

엄마 침대 머리맡에는 엄마 짐들이 많다.

틀니에 효자손, 물컵에 접시눈약 3개, 눈물 닦은 손수건, 핸드폰, 지갑.

늦은 시간 가게에서 일하다가 엄마가 뭐하시나 궁금해 엄마 방으로 가봅니다. 엄마는 지금 잠자는 순서 준비 중이랍니다.

침대 요 중앙에 보자기 크기만 한 흰색 패드 먼저 깔아야 합니다. 양쪽 어깻죽지 통증에 잠 못 이루시니 덜 아프신 쪽으로 누워야 하고, 저번에 욕창이 생기셔서 그 자리도 봐야 합니다. 그리고 기저귀를 계속 차고 있으니 아래가 많이 헐어서 똥꼬자리는 하늘 쪽을 봐야 해요. 그리고 마지막으로 성경책을 가슴에 얹고 나면 순서 끝입니다.

이제야 잠자리를 다 잡아 놨는데 아차 방 불을 안 껐다 했습니다. 그때 마침 제가 들어갔으니 엄마는 얼마나 반가웠겠어요?

저 없으면 다시 시작해야 한데요.

# 그것이 어머니의 인생이란다

*

궂은 것 드시고, 버릴 것 드시고 그리 한평생 살아오신 엄마. 오늘 정말 속상합니다. 좀 걷자 하면 머리가 덜렁거려서 일어설 수 없다 하십니다.

우리 엄마는 기저귀를 차십니다. 그 기저귀엔 언제나 주방용 티슈를 늘상 덧대시고 입으며 그리고 똥하고 오줌은 한 형제인 듯 같이 나온다 하십니다. 아까워서 또 덧대고 또 볕에 말려서 입으시고… 딸은 그걸 보고 있으니 걱정도 되고 속상합니다. 오늘도 빨랫줄에 기저귀가 걸려 있습니다.

"엄마, 제발 이러지 마세요. 이러면 엄마가 다시 병 걸려요. 또 병원에 가야 해요."

난 울었습니다. 엄마는 우는 날 부릅니다.

"딸아, 그것이 엄마 인생인데 그게 하루아침에 고쳐지겠니?"

그것이 엄마의 인생이라는데 맘이 묵직하게 너무 아파옵니다.

# 2월에 내리는 눈

*

잠자고 있는 절 엄마께서 깨웁니다.

난 놀라서 “엄마, 무슨 일 있으세요? 미끄러지셨어요?”

엄마는 웃으면서 밖에 눈 보러 가자는 것이었습니다. 난 부시시 따라나섰습니다.

밖에는 온 세상천지가 눈꽃 세상, 눈송이는 바람 끝에 날릴 듯 말 듯 내 마음까지 간질간질거리게 했습니다. 가게는 약간 추웠습니다. 난 엄마께 밍크 담요를 마치 움막 치듯이 덮어 드렸습니다. 엄마께서는 나의 손을 잡으며 2월에 내리는 함박눈을 보면서 소원을 빌자고 하셨습니다. 우린 따뜻한 온기를 느끼면서 서로를 향한 소원을 빌었고 행복했습니다.

# 나는 어쩌라고

★

엄마는 갈수록 벌덕증이 심해간다.

이 방에서 조금만 있다가도 울화증이 생겨 저 방으로 가신다. 계속 반복이시다. 난 잠자리 들 때면 낼 엄마를 어디로 모시고 갈까 인터넷을 뒤져보기도 하고 맛집도 찾아본다.

한동안 이 시장 저 시장을 거의 다니셔서 식상한 것 같고, 맛집을 찾아보니 옥천 청산면에 있는 어국수 잘하는 곳이 있다. 엄마께 아침 11시쯤 출발하자 했다. 엄마는 차만 타면 좋아하신다. 대전에서 출발해 금강까지 경부고속도로를 타고, 금강에서 청산면은 국도를 타고 갔다. 청산면을 가는 도중에는 강도 있고 산도 있고 숲도 있고 꾸불꾸불 언덕길도 있는데 엄마는 그때부터 무섭다고 하신다.

사람이 안 보여서 무섭다 하고, 인가가 안 보인다고 무서워하니 정말 난 할 말이 없었다. 해가 중천에 떠 있는데 왜 무섭다 하는지. 그런데 엄마는 환한 낮임에도 깜깜한 밤하고 다르게 무섭다 하고 금방이라도 우실 것 같았다.

정말 정말 이럴 땐 할 말이 뭐가 있을까.

난 차를 한적한 곳에 세우고 엄마 마음을 달래보려고 꼭 안아주었다. 그럼에도 불구하고 엄마는 집으로 다시 돌아가자고 한다. 이미 되돌아가기도 먼 길이다. 하지만 원래 목적지로 다시 가려니 엄마는 연신 무섭다고 한다.

"엄마, 정신 차려봐. 엄마가 이러면 난 어쩌라고!"

나도 울고, 엄마도 울고, 서로 부둥켜안고 울었다.

# 동거

*

지금도 기다린 시간이 설레고 오실 시간이 되면 문밖에서 기다리는데 벌써 4년이 넘었다. 고향 산천과 전답 다 뒤로하고 추억 만들기 하자고 대전에 오신 엄마. 엄마는 장흥 오라비 내외와 28년, 혜민이와 소연이 3대의 가정을 이루고 사셨다. 시험관을 한 장조카는 벌써 10월께쯤 결혼을 한다고 하고, 이쁜 내 조카 소연은 졸업 후 서울병원에서 일하고 있다.

엄마는 혜민이와 소연이를 금이야 옥이야 정성껏 키워주셨고, 손자들 첫 그림, 글씨 등 첫 작품은 지금도 소중하게 간직하고 계신다. 소연이는 다 커서인지 할머니에게 그런다.

"할머니, 전 할머니 좋은 유전자를 닮았나 봐요."

그래서 좋다 한다.

저희 엄마는 지금 87세이다.

당신이 인생 살면서 후회스러운 게 있다면 삼국지 전집을 통달 못해서 후회스럽다고 하셨고 또 거짓말은 절대 용납 안 한다. 대신 정직하게 진실 그대로 그 형편 그대로 이야기하면 "아~ 그래서 그랬구나." 이해하시고 용기를 주신다. 그런 엄마와 함께 한 시간이 4년인데, 난 3개월만 같다. 지금도 엄마 기다린 시간이 설렌다.

# 어머니의 탄생

*

제 엄마 87세 방단섭 여사!

엄마 닉네임은 '똥 싸고 매화타령'이세요. 멋 없인 못사시는 분이십니다. 저희 엄마 모습은 꼭 각이 딱 잡힌 군인 대령 같아요. 그런데 한편으론 섬세하고, 글도 잘 써서 신문에 나오고, 난 전시회도 했으며, 연극의 주인공 그리고 위트가 있으면서 지혜롭고 반듯하고 엄격한 분이세요.

우리 외할머니는 36세 청상과부셨는데 냉골에서도 꼿꼿하게 앉아 계셨던 분이셨어요. 그래서인지 저희 엄마도 그 피가 있는지 엄청 엄하세요. 저희 엄마는 장흥 동교통에서 16세부터 수재였던 남동생, 그 친구들까지 하숙을 쳤어요. 그런데 늘 하숙집 쌀은 부족했고, 이모와 엄마는 물 한 바가지 김치 몇 조각으로 배를 채웠어요. 외할머니는 이 동네 저 동네 비단장사로 보름에 한 번씩 집에 오셨어요. 그리고 가난이 무엇이기에 외할머니는 입 하나 던다고 내 아버지께로 엄마를 보내 버렸습니다.

저희 외가는 가난했지만 남다르게 집안사람 모두 영리했어요. 큰삼촌도 고위 공직자셨고, 그 아래 삼촌도 공기업에 몸을 담고 있었는데 이름만 대면 알 수 있는 분이셨고, 이모 이모부도 총경으로 퇴직했어요. 큰 딸인 내 엄마는 배우지도 못했고 또 외할머니 청상과부 히스테리는 만만한 엄마 몫이었대요.

엄마는 평생 공부가 한이 되셨던 분이었어요. 그래서 나중에 나이 들어서 신학교를 졸업했지요. 엄마 기억에는 국민(초등)학교 때인가 공납금을 못 내서 계속 교무실로 불려 다녀 학교를 못 다니게 되었데요. 하루는 너무너무 공부가 하고 싶어서 어린 이모 동생을 업고 교실 뒷문에서 몰래 선생님 말씀을 듣기도 했대요.

가난해서 교과서도 없었지만, 엄마는 머릿속에 교과서를 다 외워버렸다고 해요. 그런 엄마는 외할머니에 의해 20살에 아버지를 만나 결혼했고, 아버지의 아편을 떼기 위해 섬으로 휴양차 들어갔고, 끝내 아편을 떼게 했어요. 그리고 그곳 섬에서 미역채취로 자식들을 남부럽지 않게 키웠고, 고향에 전답까지 이루신 분! 역경의 삶을 살아오신 분! 저희 어머니는 장한 어머님이십니다.

# 36세 청상과부

*

우리 외할머니는 군불도 지피지 않는 냉골에서도 꼿꼿하게 앉아계신 분이었다. 외할머니에 대한 기억은 엄하고 무서워서 추억도 기억도 없는 것 같다.

초등학교 담벼락에는 외가댁으로 가는 개구멍이 있는데, 한겨울에 너무 추우면 그 개구멍을 타고 외할머니 집에 갔다. 그 방에 들어가면 한겨울 밖 봉창문으로 흐른 겨울 볕이 내 덕을 보려 한다. 외할머니는 엄하신 건지 가난이 독하게 만든 건지 냉골의 바닥 요에 꼿꼿하게 앉아계셨다. 난 외가댁에서 밥 한번 먹어본 기억조차도 없다.

외할머니 머리 위에는 작은 자물쇠 열쇠통이 있었는데, 그날은 늘 궁금했던 열쇠통 따는 것을 봤다. 무슨 일인지 그날은 그곳에서 꺼내 준 미제 노트와 크레파스를 잊을 수가 없다. 지금도 그 엄하고 꼿꼿하던 외할머니를 생각하면 매끈거리는 미제 노트가 먼저 생각난다.

# 접신

*

새벽 3시가 넘어간다.

가게일 마무리를 하고 엄마가 걱정돼서 마음이 급해진다. 엄마는 홀로 숨죽이듯 울고 계시지 않을까? 나이 들면 눈물이 흔하고, 한 말을 또 하고 한다. 하지만 오늘은 왠지 그런 느낌은 아니었다. 90살이 다 되어가는 엄마는 외할머니 때문에 한이 차고 넘쳐서 운다.

외할머니는 36세 청상과부셨다.

엄마는 큰딸로 16세부터 하숙을 쳤다. 가난이 뭐길래 입 하나 던다고 눈에 차지도 않는 아버지에게 떠넘기듯 했던 외할머니. 엄마는 지난날을 회상하시면서 당신의 인생이 너무나 억울하다고 했다. 아버지와 결혼하기 싫어서 결혼 전에 손수 수놓은 조선수와 함에 있던 비단까지 다 팔아버렸다. 엄마 솜씨가 야무졌는지 그게 다시 돈벌이가 되어서 수 놓고 팔고 해서 쌀 10섬까지 되어서 그 돈이면 집 앞에 있는 논 서 마지기는 살 정도였다고 한다. 엄마는 그 큰돈을 외할머니께 맡기셨는데, 외할머니께서는 그 큰돈을 삼촌 공납금으로 내셨고, 엄마 논 서 마지기 꿈도 날아가 버렸다고 했다.

엄마는 그런 당신의 엄마를 원망했다. 백발이 휑한 엄마는 지금도 그 생각과 한과 설음에 이 밤 뜨거운 눈물을 흘리신다. 일을 마치고 들어온 나는 몹시 피곤한데, 엄마의 그 이야기는 또 시작된다. 그 말을 도중에 끊지 못하는 것이, 또 인내하며 들어주는 것이 너무 힘든 시간이다. 그렇게 엄마의 한에 가까운 그 설움이 어느덧 내게 접신되어 아침에 일어날 수가 없었다. 온몸이 잡아당긴듯 그 후유증을 앓았다.

이제 삼촌도 그냥 떠나셨고, 외할머니 또한 끝내 엄마의 한을 풀어주지 못한 채 묵언하고 떠나셨다.

# 경사났네 경사났어

★

오늘은 엄마 똥꼬문이 열리는 날.

둥글게 둥글게, 예쁘게 예쁘게 변기통에 싸셨어요.

옆에서 책을 보는데 엄마가 전용 변기통에 앉는 소리가 났어요. 잠시 후, 엄마가 절 부르셨어요. 벌떡 일어나 보니 엄마가 사인을 보내네요. 당신 변기통 보라고.

둥글게 예쁘게 싸 놓은 똥!

전 엄마에게 경사났네 경사났어! 어야디야 얼싸덜싸. 엄마랑 둘이서 춤을 췄어요. 똥꼬문이 열렸으니 얼마나 반가웠겠어요?

변비약을 드시고 3일이 되어도 소식이 없었는데 드디어 오늘 똥꼬에서 소식이 왔어요. 그것도 벼락치기 똥도 아닌 둥굴고 예쁜 똥. 엄마와 난 저절로 어깨춤을 덩실덩실 추었어요.

# 똥꼬 검사

*

엄마는 부지런 부지런하게 비데로 잘 씻고 나오세요.

내 눈치를 살살 보면서요. 제가 꼭 똥꼬 검사를 하거든요. 엄마 아래는 잘 헐어 있어요. 장시간 기저귀를 차고 있어서이기도 하지만, 변비로 인한 설사 때문이에요. 하루 종일 설사를 하면 탈진되어서 엄마 몸은 근들근들 금방이라도 쓰러질 것 같아요. 또 신우신염으로 고생도 많이 해서 엄마의 아래는 늘 조심해야 하구요.

고실고실 향내 품품 나게 그리고 침대에서는 속옷은 벗게 하고 어디 헐지는 않았나 봐드려요. 엄마는 늘 말씀하세요.

"검사해 봐라."

그런 말을 하는 날은 그건 똥꼬가 깨끗하다는 자신있다는 뜻이에요.

엄마, 날마다 검사할 거니까 잘 씻고 비데 자주 하세요.

난 엄마 엉덩이를 사랑스럽게 토닥거리며 "엄마, 오늘 똥꼬 검사 끝!" 했어요.

# 똥스케줄

*

장거리 가는 코스는 언제나 2~3일 전부터 똥스케줄을 잡아야 해요. 시도 때도 예측도 없이 나온 똥이긴 하지만 가는 도중 자동차 안에서는 물이 없잖아요. 엄마랑 저랑 둘다 힘들어요. 시장 갈 때는 시장 화장실에서 씻고 차 안에서 옷을 입혀 드렸지만, 아직까지는 차 안에서 행사 치를 일은 없었는데 그 없는 게 더 불안하거든요.

엄마는 장거리 외출을 저에게 수시로 이야기하세요. 우린 의견 투합이 잘 돼요. 전 엄마에게 “엄마, 똥스케줄 잘하고 있죠?” 하면 걱정 마라 하네요.

# 변기통

*

엄마 변기통을 오늘도 변함없이 닦습니다.

평소처럼 퐁퐁을 넣고 수세미로 빡빡 닦아 뎁니다. 다 닦은 후에 맨 마지막에는 샤프란 향기를 가득 담은 후 물티슈를 변기통 한가운데에 한 장 깔아 놓습니다. 그러면 변기 청소가 더 깨끗하게 됩니다.

그날도 엄마께서 변 보신 것은 화장실에 쏟고 사명감 같은 의식으로 변기를 소중하게 닦는데 엄마가 우연하게 그 모습을 보셨나 봅니다. 엄마는 울컥하고 눈물이 나셨다 했습니다. 당신의 똥단지를 정성껏 하는 것을 보고는 “세상에 저런 딸을 두고 내가 어딜 간단 말이냐” 그 말씀을 주무시면서 하십니다.

# 똥도장을 아시나요

*

엄마 똥도장은 아주 예뻐요.

예쁜 제 입술 같은 똥도장. 봉긋한 엄마 엉덩이에서 입술처럼 꾸욱 찍혀 나온 게 예쁜 똥도장이에요. 엄마는 샤워를 했다고 해요. 그런데 그사이 오줌하고 똥은 형제지간이기에 샤워 중에 엄마 몰래 또 나왔던 거예요.

샤워를 끝낸 엄마의 앉은 침대 자리에는 하나둘씩 옮긴 자리마다 입술 같은 똥도장이 또박또박 찍혀 나왔어요. 이건 예쁜 똥도장이에요.

# 화투는 진행 중

*

삼봉을 치다 엄마는 슬슬 배가 아프다 하세요. 그냥 배 아픈 거랑 똥 나올 똥배 아픈 것은 다르데요. 저도 알기에 "엄마, 똥배에요?" 했더니 그렇다네요.

엄마는 바로 일어서질 못해요.

양쪽 다리에 인공관절을 해서 엄마 변기통까지는 엉덩이를 부벼가면서 그리고 문고리를 잡고 일어서는데 가는 길에 울컥울컥 두 덩어리 그리고 줄줄 흘리고 가셨어요. 저야 바로 엄마 뒤따라가서 정리해드려야 하잖아요.

변기통도 빼고, 팬티에 있는 똥도 대야에 훌랑훌랑해서 다시 쏟고, 마지막으로 엄마 엉덩이를 미지근한 물에 비누질해서 맨질맨질하게 씻어드린 후 향기 품품 나게 하면 끝이에요.

모녀는 다시 돌아와서 화투를 계속 진행 중이에요.

# 꿀렁거리는 어머니의 배

*

코로나로 경로당 문도 닫았다.

엄마는 울덕증에 더 힘들어한다. 경로당 오고 가는 길은 걷다 보면 종아리 다리 살도 붙고 변비에도 좋은데. 엄마는 동무하고 차 한 잔 마시지도 못하는 세상 하루하루가 우울증이라 하신다.

엄마는 똥배 때문에 병원에 입원한 적도 있다.

며칠 전부터 그놈의 똥이 안 나와서 엄마 배는 한가득 벙벙하게 불러오면서 옆으로 누우면 배가 꿀렁꿀렁 거린다.

난 엄마 배를 부드럽게 마사지해드린다.

"엄마, 편해요?"

그 순간 변비약 효과가 나왔는지 빛의 속도로 벼락치기 폭포수가 터져 나오듯 범벅이 된다. 하지만 난 내공이 있으니 이까짓 것은 아무것도 아니다. 엄마를 괴롭히던 똥이 이렇게나마 나오다니 참으로 다행이다.

# 어머니 가는 자리마다

*

저희 엄마는 똥 싸고 매화타령하시는 분.

엄마 손톱에 네일을 하면 난 언제나 엄마 지나간 자리를 졸졸 따라다니며 정리를 해야 한다. 잠시라도 놓치면 네일에 붙인 조각들이 어떤 날은 내 볼 딱지에 붙어 있기도 하고 또 방바닥엔 초승달로 떠 있기도 한다.

식사 때 아직은 턱받이를 안 하는데 국물이 자주 흘러 앉은 자리나 이불 위에 고춧가루 양념 국물이 흐른다. 지금도 엄마 입 주변은 불꽃놀이가 한참이랍니다. 양념 꽃게를 드시고 있거든요.

엄마는 그러세요. 당신 맘대로 수저질이 잘 안 된다고. 화장실도 당신은 깨끗하게 썼다 하지만 뒤따라가면서 닦아내고 훔쳐내야 한다. 이런 것은 아무것도 아니다.

엄마 변기통을 화장실로 조심스럽게 들고 나갈 때면 엄마 방 TV 소리가 내 혼을 뺀다. 웅웅거리고 정신없이 시끄럽다. 엄마 소리도 전혀 들리지 않는다. 그럴 때면 뱃가죽이 땡길 정도로 큰소리를 질러야 한다. 귀청이 떨어져 나갈 정도로 큰 TV 소리에 한꺼번에 두 가지 일을 동시에 하려면 힘이 배로 들고 정신이 하나도 없다.

짜증도 슬며시 나려 하지만 변기통을 청소하고 다시 돌아본 엄마의 외로운 뒷모습을 보면 금세 그 마음이 사라진다.

# 흑장미 똥꼬

*

난 수시로 엄마 똥꼬 검사를 한다
울 엄마는 늘 자신감 있는 반응
그래 검사해 봐라 난 합격이다 하듯

난 어디 보자
울 엄마 똥꼬
엄마 깨끗하네
너가 날마다 검사하니
날마다 깨끗하게
씻으신다고

난 엄마랑 서로 바라보면서
우리들의 대화
엄마
엄마 똥꼬는 진짜 이쁜 것 같아
엄마는 안 보이니까 모르지?
흑장미라니까
우린 서로 기가 차서 웃는다

# 엄마♡♡♡

*

문득 엄마가 보고 싶었다
엄마 방으로 직행

나의 사랑법
엄마 뭐해? 하면서
엄마 엉덩이 토닥토닥
그리고 똥꼬 검사
그리고 후하고 입으로 불어준다
찬바람 들어가라고

똥꼬는 항상 겹쳐있으니
후하고 한 번 불어준다

그러면서 엄마 봉긋한 엉덩이 톡톡 치면서
엄마 내 고향 잘 지켜
또 보러 올게 하고

엄마는 나가는 나에게 그리 말한다

걱정마라 나 따라 다니니 잘 있을 거다

엄마와 난

진짜 사랑해서

진짜 좋아서

웃는다

# 한숨도 못 잔 모녀

*

나흘이 지나도 엄마는 화장실을 못 가시니 젖무덤 아래까지 배가 차오른다고 짜증을 내신다. 많이 힘들어 보였다. 한동안 좋았는데 엄마는 많이 괴로웠는지 나 몰래 이 약 저 약에 설사약까지 한주먹 드셨다 하셨다.

새벽 2~3시쯤 되었을까.

'우리 집 대변의 역사는 새벽'이다. 이때 소식이 오는지 엄마와 나는 늘 똥과의 전쟁에서는 한두 번이 아니기에 만반의 준비를 하고 기다린다. 대형대자 기저귀 차셨고, 침대 패드 2장 겹쳐 깔고 소식이 오길 기다리고 있다.

누워 있는 엄마 배에서는 오케스트라 전주, 새소리, 트로트 소리, 빗소리, 물소리, 꿀꿀 꾸르륵 방귀 뿡뿡 그 순간 사이에 엄청나게 물총소리도 났다. 엄마는 나에게 미안한지 항상 혼자서 해결하려고 한다.

그때 '아가' 하고 절 부릅니다.

대자 기저귀엔 삐죽삐죽 흘러내리는데, 무릎이 굽혀지지 않기에 바로 일어서기가 어렵습니다. 엄마는 인공관절을 해 걷기는 하는데 무릎을 굽히긴 힘들거든요.

기저귀 찬 엉덩이를 부벼부벼 가면서 침대에서 내려오십니다.

엄마 엉덩이에서는 철푸덕 철푸덕 소리가 나고… 난 잽싸게 뒷정리를 끝내버립니다. 그동안 쌓인 내공이 많으니.

그런데, 그런데… 이 설사는 한 번에 끝이 난 게 아니랍니다. 아침 동트고 점심나절쯤 끝이 났습니다.

밤새 변기통 오가고 씻고 다시 기저귀 차고 눕고 또 가고 싸고 오고 씻고 눕고 그날 우리 모녀는 날 밤을 샜습니다.

# 잠결에 느낀 뜨뜨미지근한 것 1

*

우린 어딘가로 출발하려면 시간 스케줄에 또 똥 스케줄도 봐야 합니다. 의견이 합이 되면 군사훈련처럼 잽싸게 한 짐 챙깁니다. 비닐장갑, 팩, 기저귀 팬티, 큰 봉투, 물티슈, 속옷, 홑치마….

새벽 3시쯤 되었을까요?

무언가 내 몸을 지나가듯 뜨뜨미지근한 걸 느낄 수 있었습니다. 나는 너무 피곤했던지라 그 사이에 잠뜻으로 몸부림을 쳤었나 봅니다. 잠시 후, 엄마가 아가하고 부릅니다. 방에 불 좀 켜도 되겠냐 하시면서. 난 깜짝 놀라 엄마 무슨 일 있으세요? 했더니 울 엄마 왈 “똥을 쌌단 말이다” 난 벌떡 일어나 어디다? 보니까 내 몸에 소나기를 내렸습니다. 엄마는 엄마 전용 변기통으로 가는 도중에 내 다리며 어깨며 옆구리에 질질 흘려 놓으셨습니다. 정신이 번쩍 났습니다.

# 잠결에 느낀 뜨뜨미지근한 것 2

*

새벽 3시 반쯤 되었을까?

이부자리 3개를 세탁기 돌리고, 뭉개죽으로 된 울 엄마 엉덩이 욕실로 모시고 가서 한속 들지 않도록 더운물에 비누질로 엄마 엉덩이 향내 뿜뿜 나게 해드린 후 새로 깐 뽀송뽀송 이불에 엄마를 눕혀 드렸습니다.

그날따라 엄마는 홑치마만 입으셨다.

계속 기저귀를 차시니 아래가 붉게 물들고 벌게지기에 일주일에 서너 번은 바람을 통해드려야 했다.

엄마는 너무 미안했는지 이제는 '보배 딸'에게까지 오늘은 더 기가 많이 죽어 보였다. 난 그런 엄마를 쿡 건들어 본다. 엄마, 뭐가 미안해. 엄마 똥 못 싸서 힘들었는데 설사 팍 해서 내 뱃속까지 시원하구만. 그리고 울 엄마 꿀렁꿀렁거리던 배를 만져봤다. 엄마 편해? 하면서. 풀이 죽은 엄마를 보니 짠한 마음이 들었다.

# 엄마의 사랑법

*

오늘은 어버이날이다.

대전 유성은 이팝나무 축제를 하고 있다.

거기엔 족욕체험장이 있는데 엄마와 그곳에 가기로 했다. 차 안에서 난 엄마 안전벨트를 채워드리면서 말했다.

"엄마, 사랑해!"

엄마는 조용히 웃으신다. 더 이상 사랑할 게 뭐 있냐 하시면서, 난 복도 많은 사람이지 두 아들이 모두 잘살고, 너 같은 딸은 어디 돈으로 살 수 있겠니 하신다. 세상천지에 하나밖에 없는 심청이는 공양미에 팔려 갔지만, 우리 딸은 더한 효녀 딸이라며 이렇게 말했다.

"국이야, 엄마는 로또복권이 당첨된 돈이 있다고 할지라도, 엄마는 니 아빠랑 뼈 빠지게 일해서 번 돈을 너에게 주고 싶다." 하신다.

# 싱거운 똥

*

오늘은 너무 심심하게 가버렸다.

왠지 허전하다.

엄마가 변비약을 작정하고 많이 드신 날은 준비를 단단히 하고 있는데 그냥 싱겁게 가버렸다. 한바탕 난리를 쳐야 똥 싸는 것 같은데 팬티 기저귀에 너무 귀엽게도 동그랗게 싸셨다. 이것은 내가 기대했던 것이 아닌 싱겁게 지나가 버린 날이다.

# 일거리 하나 생긴 일

*

엄마는 감동 받아 우셨다 하셨습니다.

제가 한 일이 그리 감동인지 모르겠습니다.

울 엄마는 속절없이 예고 없이 아프시고 또 예고 없이 온 바닥이며 벽지에 튀어 박힌 똥, 똥, 똥들…

종종 있는 일들입니다.

오늘은 엄마랑 시장으로 쇼핑가는 날인데 걸어 다니면서 싸셨나 봐요. 엄마도 모르게. 집에 도착해 보니 똥은 엄마 다리로 벌써 흘러내리고 있었다.

나는 즐거운 일거리 하나 생긴 듯 "엄마, 똥 쌌어. 빨리빨리 바지 벗어." 똥 수발하는 것이 신바람 나듯 엄마 엉덩이만 쫓아다닙니다. 남들은 그런다 합니다. 똥이 무서워서 요양병원에 보낸다고. 그런데 전 아직 모르겠습니다.

엄마는 그날 우셨다 하셨습니다.

내가 무슨 복이 많아 저런 딸이 있다면서 엄마 똥 싸면 즐거운 일거리 하나 생긴 것처럼 엄마 엉덩이만 졸졸 따라다닌다고 그래서 우셨다 하셨습니다.

# 떡 주무르는 듯한 똥

*

엄마 똥은 그냥 하루의 일부.

어떤 날은 마른 잎 같은 똥 또 어떤 날은 환처럼 동글동글 구르는 똥. 의사 선생님이 말했다. 나이 드시면 어르신들은 장 기능이 약해요. 그래서 옆에서 도와줘야 해요. 엄마는 샤워하고 나오셔도 앉은 자리는 입술 모양 같은 똥 도장이 찍혀 있어요.

앉은 자리마다 군데군데… 옮긴 자리마다 예쁜 입술도장은 찍혀있어요. 그래서 나는 안 봐도 엄마가 샤워하고 어디를 돌아다녔는지 족집게 점쟁이처럼 알 수 있어요.

당신에게 엄마 똥이란?

누가 이렇게 물으신다면 "떡 같은 존재다" 그리 대답할 거예요. 혹여 믿기 힘든가요? 난 맹세코 진실을 말하고 있어요.

# 3가지

*

엄마!

울 엄마 이쁜 짓 뭐해?

하면 울 엄마는 나 똥 싼 것

오~ 케이 맞고

그럼 두 번째

엄마가 가장 조심해야 할 것은?

방바닥에 물

오~ 케이 맞습니다.

엄마가 최고로 조심할 것은 낙상이거든

그러니 매사매사

바닥에 물 튀기지 않게 하는 것

엄마 알죠?

아신다고 울 엄마 고개 끄덕끄덕

그럼 3번째. 엄마가 꼭 신경 써야 하는 일은 뭐나요?

울 엄마 변기에 똥 싸고 변기 뚜껑 닫는 것

와우~

울 엄마는 천재…

천재라 다 아네

그런데

왜? 변기 뚜껑은 안 닫아 하면

오늘도 안 닫았어?

되물어보신다.

그냥 돌아서면 까먹는 우리 엄마

울 엄마 변기통은 환자 전용 변기를 쓰십니다.

방에 있던 내가 무슨 냄새가 나는데 하고 문 열고 나가 보면 변기 뚜껑이 닫혀있지 않아요.

우리 엄마는 왜? 금방 것도 잊어버릴까요? 왜? 돌아서면 잊어버릴까요? 오늘도 울 엄마한테 부탁해요.

엄마! 똥 누시고 변기 뚜껑 꼭 닫아야 해요. 기억이 안 나면 똥 싸고 바로 뒤 한 번 돌아봐봐 알았지? 엄마.

그래도 울 엄마 또 깜빡. 귀여운 울 엄마 어쩌면 좋아요.

# 두 개를 못 한다는 울 엄마

*

엄마!

똥 누고 뭐라고 했어?

그것을 잊어버린단 말이야.

변기에 잠깐 앉아있는 동안에 빨리 주방 가서 설거지 좀 해야지. 보온 물통에 물 받아 둬야지. 그런 생각에 꽂혀있다 보면 변기 뚜껑 생각이 안 난다는 울 엄마.

그렇게 수십 번씩 "똥 싸시고 변기 뚜껑 좀 닫아 주세요" 해도 울 엄마는 둘은 진짜 못 하나 봐요. 그러시면서 저한테 미운 소리도 해요. 너 잔소리 듣기 싫어서라도 뒤를 딱 봐야 하는데 그리고 너한테 큰소리쳐야 하는데… 그게 생각처럼 잘 안 된다는 울 엄마 말씀.

# 울 엄마 이쁜 짓?

*

울 엄마를 한 번씩 콕 찔러 보기도 하고 잘 건들어 봅니다.

반응도 재깍 잘 나오니 재미도 있구요.

늘상 하는 얘기.

난 엄마하고 부르면서 울 엄마 이쁜 짓은 뭐게?

엄마는 바로 대답.

똥 싼 것.

오~ 예스 정답일세.

오늘은 이렇게 하고 엄마랑 놀았습니다.

# 똥 사랑

☆

엄마가 빙그레 웃으시면서

너 안 봤니?

변기통 아직 확인 안 해 봤냐 그 뜻입니다.

아직 한 시간 전에 깨끗이 씻어 놔서요.

가서 보니 둥굴게 둥굴게 참 많이도 이쁘게 싸 놨습니다.

난 엄마 변기통을 들고 와서 서로 다시 똥을 보면서 확인하고 나눈 얘기입니다. 엄마 진짜 잘 싸놨네. ㅋㅋㅋ 웃으면서 우린 정말 똥사랑 찐팬인 것 같습니다.

# 요리하고 싶으신 어머니

*

우린 싸울 일이 왜 이렇게도 많을까요?

엄마는 태어났을 때부터 여자요, 지금도 여자이십니다.

없는 살림에 당신 안 드시고 주방에서 우릴 챙겨 먹이셨던 엄마셨지요. 백 년의 절반 아니~ 아니 더 많은 시간 주방을 휘어잡고 살아온 세월이셨습니다. 여자이기에 그리고 수많은 기억이 있기에 요리하고 싶으신 것입니다.

오늘도 엄마는 아침 일찍 덜그덕 덜그덕 주방에서 저를 위해 요릴 하신 것 같은데 순식간 번개처럼 스쳐 지나갔어요. 잘 닦아 놓은 싱크대와 가스레인지 안 봐도 빤합니다. 아마도 난리쳐져 있을 겁니다. 뭘 한다 하면 제가 치울 게 더 많습니다. 그리고 고생하고 애써 만든 반찬을 제 입에 넣어주면 정말 짭니다. 그리고 엄만 제 얼굴을 살핍니다. 맛없게 먹으면 서운하신 표정을 짓습니다. 맛없는 것을 먹는 거 반복되니 저도 힘듭니다. 주방 난리쳐진 것을 치우는 것도 힘듭니다. 가만히 계셨으면 좋겠는데 엄마는 본능적으로 주방에 가고 싶고 뭔가 만들고 싶으신 겁니다. 그러시면서 한마디 합니다.

“니 올케가 나 주방 못 들어오게 하려고 싱크대를 흰색으로 했다.”

그렇게 또 미운 말도 하십니다.

# 족욕

*

일거리가 하나 생겨서 난 또 즐거웠다.

예전에 했던 족욕 장소는 여러 가지 번거로움이 많았다. 따라서 엄마는 내가 힘 드는 걸 원치 않아 해드리고 싶어도 못 해드려 서운했었다. 그런데 이번에 가게 리모델링을 한 후 홈바 안에는 일인용 소파를 두었다. 가까운 거리에 개수대에 뜨거운 물이 펑펑 나오니 얼마나 좋은지.

난 엄마를 소파에 앉혀 놓고 대야에 물을 받아 족욕을 해드렸다. 엄마의 또 귀여운 잔소리 "너 기쁨조 하기도 힘들어야. 힘이 안 따라온다."라고 하신다.

물이 조금 식으니 뜨거운 물 한 바가지 더 보충하는 것도 누워서 떡 먹기처럼 쉽다. 엄마의 족욕 발등 물 닿는 부분에는 벌겋게 표시가 났다. 난 엄마 발을 닦아 드린 후 발가락 위로 아래로 지압을 해드렸다. 시원하고 좋다고 한다. 난 내일이 또 기다려진다. 엄마가 좋아하니 절로 절로 힘이 난다.

# 닉네임

*

엄마가 지어주신 제 닉네임 별명은요 엄청 많아요.

첫째로 오번들 오뻥, 오심청 그리고 오 박사라 해요. 오 박사는 엄마에 대해 모르는 것이 없어서 오 박사이고요. 오뻥은 뻥이 심하데요. 엄마를 너무 사랑한다고 뻥을 많이 쳐서 오뻥이에요. 오번들은요? 엄마는 제 형편 아시고 돈을 잘 주세요. 시장도 같이 가면 그 돈도 다 내주시고, 은행 가실 때 보조일 도와드리면 알바비 오만 원도 주세요. 저도 염치가 있잖아요. 안 받으려고 해요. 그런데 꼭 받아져 버려요.

오번들은요 저희 엄마가 절 부르는 이쁜 애칭이랍니다. 오심청은 말 그대로예요. 엄마는 그리 말씀하셨어요. 당신 돈은 노동이 없는 돈이라 죽은 돈이라고. 엄마는 제가 땀 흘려서 번 돈 그런 돈은 새끼 치고 부자 되어야 할 돈이라며 절대 못 쓰게 해요. 종일 가게에서 종종거린 짠한 돈이라며.

# 어머니의 앓는 소리

*

울 엄마 앓는 소리는 각각 달라요.

진짜 아파서인지 진짜 좋아서인지 설명하긴 어렵지만 전 다 알아요. 그래서 엄마는 저에게 '오 박사'라 해요.

울 엄마는 나만 보면 더 앓거든요. 그것은 좋아서 앓는 거예요.

하루는 물어봤어요.

엄마는 잠잘 때 왜 앓아?

그랬더니 시원하데요. 안 심심하데요.

속으로 말해요.

엄마, 난 코골이 되는 것 못지않게 힘들거든요.

# 돈 쓰는 맛

*

요즘은 한참 망고 철입니다.

망고를 두 쪽으로 가르고 벌집 모양을 내서 엄마께 드리면 엄마는 세상천지 있도 보도 없는 것도 다 먹고 사신다 해요.

엄마 연세 87세에 그때야 돈 쓰는 맛을 알았다 합니다. 돈을 쓰고 사는 맛이 이렇게 좋으시다고, 쓸 때 안 쓰고, 드시고 싶을 때 안 드시고, 버릴 것 궂은 것 드신 세월로 우릴 대학 보내고 집 채워 서울로 결혼시켜 주었습니다.

오늘은 엄마랑 시장에 함께 가면서 하나 둘 하나 둘 걷기 운동도 하면서 과일 집에 들러서 망고 오만 원어치를 사셨습니다. 전 옆에서 엄마 과일만 너무 많이 쓰신 것 아니에요 했더니, 엄마 말씀이 난 돈 쓰는 맛을 알고 죽으니 얼마나 다행이니 시골 내 친구들은 돈이 있다 해도 돈 쓰는 맛도 모르고 죽을 텐데 많이들 억울하겠다 하시면서 알 수 없는 웃음을 지으시네요.

# 오 박사

*

엄마는 저에게 오 박사라 해요.

엄마에 대해 모르는 것이 없어서 오 박사라 하시면서 엄마에 대해 논문을 써도 백 점이래요. 네 맞아요. 전 엄마를 많이 알고 있거든요. 잠은 이쪽으로 누우시고, 틀니는 어느 쪽이 더 불편한지, 눈에 약은 하루 몇 번 넣으시는지, 당약은 아침저녁으로 몇 개 드시고 당 수치도 알고요. 변비약 개수도 알고요. 똥색도 알아요.

요즘은 입맛은 좋으셔서 밥맛이 좋으실 땐 몇 kg까지 체중이 불어나는지 그것도 알아요. 낼모레쯤에는 엄지발톱이 파고드는데 깎아 드려야 하고요. 일주일에 두 번은 등도 밀어 드려야 해요. 지나갈 때 문득 엄마를 보면, 엄마는 멍하고 생각 없이 계세요. 전 그 마음도 알 수 있어요. 두고 온 고향 생각, 동무 생각, 먼저 가신 아버지 생각이신지 아니면 자식에 대한 애증인지 알아요. 그래서 엄마는 저에게 엄마 박사래요. 엄마가 지어주신 제 별명이에요.

# 잠

*

엄마는 잠이 안 와서 입원한 적이 있다.

늙어 가면 호르몬 때문인가 숙면을 못 하는 것 같다.

보름 전, 엄마가 TV에서 침향원 선전 광고에 잠이 잘 온다고 한다며 6개월분에 50만 원을 주면서 같이 먹자고 했다. 엄마는 아마도 딴 생각을 해서 거금을 쓰셨을 것이다. 난 엄마 입에 넣어드리고, 엄마는 내 입에 넣어준다.

그런데 침향원을 드신 후, 이틀 전부터 잠이 너무 와서 기운이 없다고 하신다. 너무 약발이 쎄서일까?

며칠 뒤, 시간이 지나고 약 덕분인가. 노인당 민화투가 고단하신지 요즘 잘 주무셔서 걱정이 놓입니다.

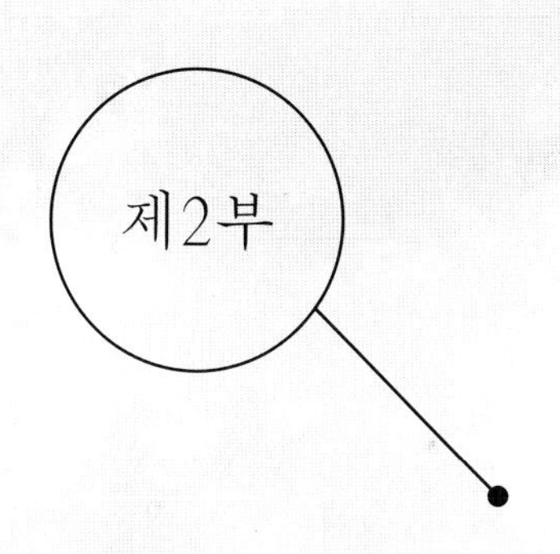


# 박꽃 같은 내 아버지

# 모달이불

*

이번에 새로 산 잔잔한 꽃핑크 엄마 모달이불.

난

엄마를 눕혀놓고 엄마 등에

껌딱지처럼 붙어서

엄마에게

엄마가 이 이불을 덮고 있으면

화사해 보이고

엄마가 정말 젊게 보인 것 같아

그랬더니

우리 엄마 왈

“불로초는 아니잖아.” 하십니다.

# 냉장고 1

★

엄마랑 함께한다는 게 오뉴월 춘풍도 아닙니다. 늘 봄바람도 아닙니다. 좋아서 하늘 별 달 다 따 드리기도 하지만 또 절반은 싸웁니다.

이번에 금방금방 갈 것 같은 냉장고가 끝내 고장이 나서 새 냉장고를 사야 하는데, 전 이 집의 책임자이니 가계경제에 고민할 수밖에 없습니다. 그런데 엄마는 내 자존심을 건듭니다. 난 속상해서 폭발해 엄마랑 싸우고, 그날 밤은 서로 말도 안 하고 뒤척이고 잡니다. 엄마도 마찬가지입니다.

엄마 계획은 비자금 모아서 내 금팔찌 해줄 계획인데 그래서 돈도 안 쓰고 모으는데 자꾸 그 계획이 날짜에 안 맞춰지니 짜증도 나고 내 생활권을 환히 내려다보자니 순간 치밀어 올랐을 겁니다. 수백도 아닌 고작 2칸짜리 냉장고 하나 사면서 그런다고 말입니다.

엄마는 내가 측은해서 돈을 보태준다는 게 내 약한 자존심을 건들어 얘기하시니 난 그때마다 내 인생이 고달퍼서 울고 죽을 듯 살 듯 날밤장사한 내 자신에 허물어집니다. 괴롭고 속상한 내 엄마는 다 알면서 그러십니다. 그날 밤은 서로 말 안 했습니다. 그 뒷날 엄마가 오셔서 약한 나를 보니 마음 아프셨나 먼저 손 내밀어 주셨습니다.

# 냉장고 2

*

우리 집 냉장고는 계속 갱년기였는데 그마저 힘이 쫑 나버렸다. 냉장고 안에서 더운 바람이 난다. 카드를 긁어야 하는데 카드 날짜도 계산해봐야 하고 요즈음 코로나 시간이 풀렸다 해도 그저 그렇기 때문이다.

엄마는 당뇨로 수십 년 동안 많이 드시지도 못하지만 당신 전용 냉장고에 가득가득 들어 있으면 대리 만족인지 행복해하는 것 같았다. 할부 5개월에 2칸짜리 엄마 전용 냉장고를 샀다. 맘먹은 김에 잔잔한 핑크 꽃 컬러 모달 여름 새 이불도 샀다. 카드값에 머리 아프겠지만 에라 모르겠다 하고.

엄마는 예쁜 그 이불을 나에게 덮으라고 한다. 오로지 딸 생각뿐이다. 난 엄마를 앉혀 놓고 내 마음을 말했다. 진정으로 말씀드리니 수긍한 것 같았다. 그리고 엄마는 지나갈 때마다 냉장고를 훑어보고 그득 채워진 것을 보고 만족을 느끼고 만져도 보고 문을 열었다 닫았다 하는 것 같다. 냉장고를 바꾸고 보니 엄마가 저렇게 행복해하시니 효도해드린 것 같아서 가슴이 뻑적지근해지는 느낌이다. 나도 행복하다.

# 무서움 타는 어머니

*

엄마는 해 질 무렵이면 이 방 저 방 문을 다 잠근다.

한여름에는 너무 덥다. 숨이 막힐 것 같다. 엄마는 가게 문도 무섭다고 빨리 잠그라 하신다. 또 어떤 날은 엄마 방에서 혼자 누구하고 싸운 듯 혼잣말을 한다. 주변 사람들 말이 늙은 부모께서는 나이 드실수록 허하신 듯 그런다고 합니다. 그게 신경이 쓰입니다.

난 두 가지를 나 자신과 약속했습니다.

엄마께서 아무리 똥으로 난리 범벅을 치셔도 엄마 맘 다치지 않게 이방 저 방 냄새난다고 문 활짝 열지 않기로. 엄마에게 엄마 문 좀 열게요, 여쭤보고 열기로. 그리고 또 아무리 더워도 짜증 안 내고 엄마 무서운 마음 이해하고 무섭지 않게 도와드릴 것. 그 약속을 자신과 굳게 약속했습니다.

# 백만 원 이불

*

세상은 내 맘대로 안 되고

인생 계획표에서 꼭 어긋난다.

엄마와 함께 추억 만들기 하자고

엄마 정신 초롱초롱할 때 해야 하는데

마음은 급해지는데 계획대로는 안 되고

초시계 째깍째깍할 때마다 내 마음도 그렇다.

엄마는 올케와 28년 함께 하셨다.

많은 시간이 지나서 어느덧 엄마가 대전으로 오실 날이 다 되었다. 이날을 위해 5년을 기도했었다. 커피숍과 집은 많이 떨어져 있다. 그때는 자동차도 없었고, 새벽 장사에 할증료 택시는 겁 없이 올라간다. 여러 고민 끝에 가게 위쪽에 2천5백을 들여서 리모델링을 했다. 엄마 샤워실도 만들고, 방을 2개 만들고, 엄마 혼자 쓸 전용 냉장고와 그리고 황토 침대도 들여놨다.

낼이면 엄마가 오실 날이네요.

그날 난 울었다. 엄마를 위해 처음 사 온 이불. 백만 원 난 그 이불을 보듬고 펑펑 울었다. 너무 늦어서, 너무 죄송해서, 너무 행복해서 울었습니다.

# 가여운 우리 어머니

*

아버지께서 59세에 간암 말기로 돌아가셨고, 엄마는 하늘 보기가 부끄럽다고, 남편을 너무 일찍 보내드려 죄송하다고, 한 2년을 햇빛도 안 보고 방 안에서만 계셨습니다. 두 분이 서로 사랑해서 결혼한 것은 아니었지만 자식 셋을 생산하셨고 자식을 둔 부부애로서 살다가 가셨습니다.

엄마가 2년쯤이 지나서 처음 바깥으로 나오셨을 때 그 모습이 기억납니다. 고우신 내 엄마 가여운 내 엄마, 엄마는 날 바라보면서 얼굴은 웃었지만 전 왈칵 눈물이 났습니다.

젊으신 내 엄마 고우신 내 엄마 너무 예쁘신 내 엄마 그런데 왜 울컥 눈물이 나는지…

# 오약국네

*

아편으로 섬에서 요양하고 계셨던 아버지는 공부를 하셨습니다. 그리고 그곳에서 소도 치료하고, 돼지도 치료하고, 섬마을 사람들도 치료해 주셨습니다.

섬을 떠나오실 때는 섬 주민 모두가 부둣가에 나오셔서 이별의 아쉬움에, 고마움에 손을 흔들고, 뱃머리에 서 있는 아버지도 손을 흔들었습니다. 언제든 그리우면 또 오라고 주민들은 외쳤습니다. 비록 아편을 하셨지만, 저희 아버지는 그 누구도 미워할 수 없는 품성이 고운 분이셨습니다.

그렇게 섬을 떠나시던 날, 물고기도 갯바람도 함께 울었을 겁니다.

# 아편의 후유증

*

아버지는 5년 주기 10년 주기로 아편의 후유증이 엄마 삶을 잔인하게 괴롭게 했습니다. 엄마는 거의 평생을 목걸이도 못 하셨습니다. 순간 아버지께서 목을 조를 것 같다 하셨고, 머리맡에 칼이나 가위를 언제나 감추셨습니다. 아버지께서는 후유증이 발작하면 초점을 잃으시고 미쳐 날뛰셨다 하셨습니다. 그 후 시간이 지나고 나면 지쳐서 푹석 주저 눕고, 그렇게 시간이 지나고 나면 언제 그랬냐 하시고, 다시 남들처럼 똑같은 하루로 시작했다고 합니다.

평생을 옹조리고 살아오셨던 삶, 그런 와중에서도 아내로서, 엄마로서 그 책임을 다하셨던 내 엄마. 자식 셋을 잘 키우셨고 유학을 보냈고 전답을 일구셨던 내 엄마.

신념과 책임으로 일생을 살았을 겁니다.

# 섬 1

*

아버지 병을 고치고자 아버지는 엄마하고 그 누구도 모르는 섬으로 갔다. 처음 가는 길에 엄마는 뱃멀미를 심하게 했고, 그런 중에도 바다 한가운데 있는 아버지도 지켜야 했다. 엄마 삶을 그려보라 하면 거친 풍랑 파도를 역류한 삶이 그려질 것입니다.

아버지는 젊은 청년 시절에 아편을 했고, 엄마는 그 아편을 떼게 한 훌륭한 분이셨다. 요즘처럼 좋은 시설의 병원에서도 마약을 끊는다는 것은 어렵다고들 한다. 그런데 엄마는 오로지 남편을 고쳐야 한다는 그 신념 하나로 끝내는 아버지 병을 고쳐놨다.

# 섬 2

*

아버지는 섬 생활을 잘하셨으며 낭만도 있으셨습니다.

다방면으로 생산적인 취미도 많이 하셨고요. 섬사람들과도 화목하게 지냈고, 섬마을 계몽도 하셨습니다. 아버지는 작은 목선으로 그물을 쳐서 숭어도 잡으셨고, 갯벌에서 바지락도 캐 한 광주리씩 담아오셨습니다.

몸도 점점 좋아졌습니다.

섬에서 염소를 키워 젖을 짜서 생산도 하고, 그 뜨끈한 젖을 드셨고, 섬마을 사람보다 염소젖도 더 많이 생산했습니다. 섬사람들은 시간이 지날수록 아버지를 좋아하셨습니다. 아버지는 그렇게 섬사람들과 동화되어 갔습니다. 본래가 따스한 인성을 지니신 분이었으니까요.

섬사람들은 전기가 고장 났을 때, 발전기가 고장 났을 때, 방 보일러가 터졌을 때에도 아버지를 찾았습니다. 마을 사람들은 큰돈이 생기면 아버지께 의논드렸고, 아버지는 어느 어느 신탁으로 가라고 해답을 제시했고, 심지어는 부부싸움까지도 아버지가 해결 지으셨어요.

한마디로 아버지는 그곳에서 계몽가 선생님이셨습니다.

# 오빠 일기

*

아편 하던 아버지 따라 난 4살쯤인가 전라도 어느 한 섬으로 가게 되었다. 엄마는 아버지를 살리고자 섬에 정착하기로 하였다. 그 섬에는 한 채의 섬 공동 소유의 집이 있었는데, 2/3는 학교 선생님이 쓰셨고, 1/3은 우리 가족이 쓰게 되었다. 우리가 쓰고자 하는 그 1/3은 불 지필 아궁이도 없는 허드레 창고였다.

오빠 일기장이 생각난다.

오빠는 초등학교 2학년 때인가 방학을 하여 육지에서 생전 처음으로 엄마 찾아 섬이란 곳에 왔다. 오빠 일기장에는 이렇게 쓰여 있었다.

밖엔 비가 옵니다. 양철지붕입니다. 빗소리가 토닥토닥 장단 맞춥니다. 난 엄마 젖을 만지고 있었습니다. 그리고 문턱이 보였습니다. 난 눈물이 났습니다.

아마도 오빠의 그 문턱은 내일이면 엄마와의 이별 때문이었을까?

엄마는 오빠 일기장을 지금도 외우고 계십니다.

## 오리

*

바다에는 썰물과 밀물이 있었습니다.

바다 한가운데로 그림 같은 방파제가 있고, 구불구불하게 포장된 도로 앞까지 바닷물이 찰랑거린 아름다운 섬마을입니다. 동네 앞바다에 갈치 배가 뜰 때면, 그날 해질 저녁 무렵이면 섬마을 전체가 지글지글 갈치 굽는 냄새로 달큼거립니다.

아버지는 출타하셨고, 초겨울 비눈발이 세차게 때립니다.

엄마는 우산을 들고 오리 간식을 들고서 오리를 부릅니다. 너희들 추우니 빨리 이 우산 속으로 들어와서 간식 먹어라. 그런데 엄마가 오리를 부를 때면 오리들은 고개를 옆으로 제치면서 꽥꽥꽥 더 뒷걸음질을 칩니다. 엄마는 더 애탑니다. 그런데 엄마도 모르는데 오리들은 100m 지점쯤에 오고 있는 아버지를 봤나 봅니다. 오리들은 아버지를 무척 따랐습니다. 푸덕푸덕 꽥꽥 좋아서 뒤뚱뒤뚱 아버지를 따라옵니다.

하루는 아버지께서 작은 목선을 타고 숭어잡이 그물을 치러가셨습니다. 그때도 바다 한가운데 계시는 아버지를 보고는 쏜살같이 헤엄쳐 가서는 목선을 에워쌌습니다. 목선이 빨리 가면 빨리 따라가고, 목선이 멈춰져 있으면 배 주변에서 주인을 의지한 듯 까만 눈으로 아버질 바라보고 있었습니다.

# 아버지의 이빨

*

아버지 이빨은 듬성듬성했어요.

철들어봐서 생각하니 가슴 아픈 일이죠. 그리움 그 자체가 괴로움이죠. 훌륭한 내 아버지. 아버지가 좋아하는 것은 비계 많이 붙은 돼지고기예요. 몇 번 씹지도 못하고 꿀꺽 넘길 수밖에 없는 돼지고기도 가장 싼 것만 좋아하신 내 아버지. 오늘따라 그런 아버지가 뼈아프게 그립고 보고 싶습니다.

우리 삼 남매는 졸업과 동시에 청첩장을 부모님께 내밀었습니다. 방죽 아래 큰 논 팔아서 우리 오라비 결혼시키고 서울에다 전셋집 얻어줬고 집도 사 줬습니다. 우리 남동생도 졸업과 동시에 청첩장을 들고 와서 관덕리에 논과 사장나무 옆에 논 팔아서 결혼시키고 서울에 전셋집 해주셨습니다. 저도 마찬가지였습니다. 우리 아버지는 그런 분이셨습니다. 아버지를 생각하면 마음이 아픕니다. 썰물이 썰물치듯 아픔이 또 아픔은 내려치듯 아픕니다.

# 아버지 친구

*

엄마는 아버지 아는 것은 통에 비해 많으셨다고 지난 일을 말씀하신다. 그래서 아버지 친구 벗은 동경대 출신 그분하고 코드가 잘 맞습니다. 아버지는 말주변이 없으시지만 언제나 신문을 보셨던 분이시다. 말씀 없는 군자였다. 작은 키 하얀 피부 눈가에 잔주름 그런 아버지는 한 번도 러닝셔츠만 입고 대문 밖을 나가지 않으셨고, 반바지 맨발로도 다니시지 않으셨습니다. 아버지는 참으로 군자다운 군자셨습니다.

이제 어느덧 아버지 떠나신 지도 35년이 흘렀습니다.
아버지가 떠나신 건 분명한데, 지금도 내 가슴엔 남아있습니다.

# 박꽃 같은 내 아버지

*

희고 뽀연 내 아버지는 59세에 간암으로 먼저 가셨습니다.

아편으로 수년을 시달리셨고, 엄마는 머리맡에 있는 가위나 날카로운 것은 숨겨두곤 했습니다. 그런 아버지께서 가실 무렵 엄마에게

"당신 고생했다. 다발 돈 한 번 준적 없는데 부잡한 자식들 몰고 전답 이루고 살아와 준 것은 다 당신 덕이네."

아버지는 한 보름 앓고 돌아가셨다.

배에 복수가 많이 차오르셨는데 중환자실 저 먼 곳에서도 한눈에 아버지를 금방 알 수가 있었어요. 아버지 배는 박꽃처럼 하얗고 보름달 같았거든요. 가실 무렵, 내가 빨리 떠나야 가족이 사는구나, 그런 마음이었다는 걸 먼 훗날 깨달았지요.

나는 후회해요.

그때 내 한쪽 간을 떼어 아버지 수술시켜보자고 난 혼잣말로만 중얼거렸거든요. 차마 용기가 없어서였을 거예요. 아버지, 죄송해요. 이 글을 쓰고 있는 이 순간 도망치듯 괴롭습니다.

"그땐 제가 잘못했어요."

울아버지!

울아버지는 박꽃 같아요.

울아버지는 보름달 같아요.

난… 왜 울아버지를 쉽게 놓치고 말았을까. 지금 이 여름 이 장맛비는 내 눈물일거야. 땅속을 파고드는 거센 빗줄기도 내 눈물일수밖에 없어.

# 아버지의 눈빛

*

생사를 넘나든 중환자실 병동은 학교 교실보다 더 크다.

아버지 병원 침대에는 많은 줄이 아버지와 함께하고 있다. 코로 들어간 호스, 어깨 링거, 소변 줄기, 영양제 들어가는 호스들로 치렁치렁하다.

옆 중환자 보호자는 우리 가족에게 심청이 집이라 한다. 엄마와 나는 아버지의 피 걸레 수발을 위해 침대 옆 구석에 쪼그려 쪽잠을 번갈아 자며 한시도 떠나지 않았다. 하루는 병동에서 꽝꽝하고 연거푸 가스 폭발하는 듯한 소리가 들려왔고, 그 소리에 놀란 환자 보호자들은 모두가 비상구 쪽으로 도망가고 없었다. 그 큰 병동에 아버지 옆에서서 있는 사람은 나 혼자뿐이었다. 난 온 힘을 다해 아버지 침대를 밀며 출구 쪽으로 가려는데 그때 아버지의 눈빛을 보았다.

늙고 힘없이 처져가는 작은 눈이 붉어지는 눈빛으로 날 바라보았다. 아버지는 사방천지 호스 선으로 묶여 침대를 더 이상 움직일 수도 없는데 아버지와 난 서로 그 눈을 보고 있었던 것이었다.

나중에 알게 된 일인데, 그 꽝꽝 소리는 가스 폭발 소리가 아니라 대형 산소통이 대리석 중환자실 바닥으로 연거푸 넘어지는 소리였다. 그 소리가 얼마나 요란하게 들렸던지 가스 폭발 소리로 모두가 안 것이었다. 그래서 옆 보호자가 한 말이 효녀 심청이 집이라고 그랬던 것이다.

# 아버지 가신 날

*

마지막 불꽃일까?

아버지는 가시기 직전에 복수 찬 배로 방 안을 걸어 다니셨다. 따라서 우리 가족은 일말의 희망을 가졌다. 그런데 후에 안 일이지만 그게 마지막 불꽃이었다. 촛불도 꺼지기 직전에 가장 밝게 빛나듯이.

아버지는 단 한 번도 살려달라고 하지 않으셨다.

이미 당신의 상태를 알고 체념했던 것일까. 있는 그대로를 초연하게 받아들였다. 아버지는 마지막 숨 넘기기 직전에 내 이름을 부르셨다.

"국아, 가슴까지 숨이 찬다. 국아, 목까지 숨이 찬다."

그리고는 이내 온몸을 부들부들 떠시고 가셨다. 마치 물고기가 뭍으로 나오면 떨 듯 그랬다. 아버지도 한 번쯤은 살고 싶다는 생각이 들었을까? 마지막 모습은 아버지의 무언의 저항이었을까?

# 외조

*

엄마는 공부에 한이 많은 분이십니다.

제가 봐도 엄마는 지혜롭고, 정직하고, 반듯한 분입니다. 전 다시 태어나도 엄마의 딸로 태어나고 싶습니다. 그리고 엄마는 저의 스승 같으신 분이시며 동시에 벗 같은 분이십니다.

엄마는 아버지의 외조로 많은 것을 새로이 배우셨습니다.

아버지는 엄마를 많이 격려해 주셨습니다. 어머닌 난도 잘 치셨고, 연극 구연 또 사회에 많은 봉사를 하셨습니다. 글도 쓰셔서 신문에 실리기도 했습니다. 아버지는 엄마의 전시회 때 꽃다발을 보내셨던 멋진 분이었습니다. 아침에 눈 뜨면 엄마는 신문을 보고 계셨고, 머리맡에는 항상 책이 있었습니다. 지금도 기억하지만, 가을이 될 무렵 뒷감나무 밭에는 감이 하나씩 툭 떨어질 때, 대청마루서 어머니 책 보던 모습이 생각납니다.

그런데… 엄마가 지금 빠르게 늙어가고 있습니다.

엄마는 깜빡깜빡 당신이 두렵다 하십니다.

저녁 약을 먹었는지 안 먹었는지 그것도 또 깜빡깜빡한다는 엄마. 아버지와 부부의 연을 맺고 책임감으로 사셨던 엄마. 제 기억 속의 아버지는 엄마를 정말 사랑했던 것 같습니다. 당신의 고단한 삶을 책임감 강한 엄마를 의지하고 사셨다 했습니다.

분명한 것은 아버지의 외조를 받으셨을 때가 연분홍 치마가 봄바람에 휘날리더라, 어머니의 봄날 노래일 것입니다.

# 꿈에 나타난 아버지

*

꿈을 과학으로 증명할 수 있을까?

엄마가 여기 오신 지 4년이 넘어가는데 영이란 존재가 있을까요?

아침 동틀 무렵 비몽사몽 간에 아버지를 뵈었다.

아버지는 방으로 들어오는 통로 쪽에서 깨끗한 양복을 입고 딸인 나에게 공손하게 절을 하면서 "국아, 니 엄마를 잘 부탁한다" 하시면서 또 예를 갖춘 절을 하셨어요. 난 꿈속에서도 그런 생각이 들었어요. 회사 직장 상사에게 내 자식 부탁드린 것처럼 그런 느낌이었어요. 난 순간 소스라치게 놀라 엄마에게 뛰어갔어요. 엄마 엄마, 나 방금 아버지 봤어요. 그대로 엄마에게 꿈에서 봤던 아버지 모습을 말씀드렸어요.

지금도 아버지께서 오신 통로 쪽을 갈 때면 아버지를 속으로 힘 있게 불러 봐요. 그리고 아버지, 엄마 걱정하지 마세요. 제가 잘 보살펴 드릴게요. 맘 편하게 잡수시고 계세요. 혼자 독백해요.

# 아버지 제일 1

*

나는 아버지를 기리고 싶었다.

엄마도 나와 같은 마음이셨다. 엄마께서 오셨기에 우린 부족하지만 정성껏 아버지 생전 그리 좋아했던 고기도 넉넉하게 장만했고, 생선이며 과일이며 전도 정성껏 올렸습니다. 엄마는 치킨도 한 마리 올리라고 하셔서 아버지 상에 올려드렸습니다. 신식 메뉴인 것으로 아버지께서 드신다 생각하니 엄마도 흐뭇한 표정으로 좋아하셨습니다.

돌아가실 무렵, 입술에 물 좀 적셔 달라시던 그 말씀이 생각나 생수도 올렸고, 엄마는 내 손을 꼭 잡고 기도를 올려드렸습니다. 그리고 엄마는 아버지께 술 한 잔 올리면서 하신 말씀이십니다.

여보, 당신 딸이 이렇게 했다오. 국이 잘 살게 도와주시고 건강도 지켜주세요. 그리고 여보 미안해요. 내가 너무 오래 살아서 나만 이렇게 자식들한테 호강 대접받아서 당신께 진심으로 미안해요. 그리고 그곳에서 꼭 편하게 살고 계세요. 나도 곧 당신 따라가지 않겠소.

엄마의 눈에 물기가 어려옵니다.

이 밤, 엄마는 아버지의 영정 사진을 보며 속절없이 흘러가 버린 세월의 강물 위에 그리움의 아픈 이름을 쓰고 계시겠지요.

아버지, 그리운 아버지!

# 아버지 제일 2

★

20년 가까이 올케도 제사상을 차렸다.

아버지 제일만 있는 것도 아니고 많은 제사가 있었다. 올케 나이도 이젠 며느리를 볼 나이였다. 올케는 엄마가 살아생전에 무언가 정리를 하고 싶었던 것 같았다.

올케는 새 며느리 볼 준비도 있고 해서 모든 제사를 합제로 한다고 했다. 그 안에는 아버지 제사도 포함되어 있었는데, 엄마는 많이 서운하셨나 보다. 지나온 시간을 생각해보면 머리로는 며느리의 고생을 덜어 줘야 했지만, 가슴으로는 본인 살아생전에 남편의 제사를 합제로 한다는 것이 허락되지 않았나 보았다.

그래서 엄마가 한마디 했어요.

"너 알아서 해라. 나 죽으면 제사를 지내든 말든 너 맘대로 해라."
엄마는 아버지 제사를 합제로 한다는 것이 영 마음에 걸렸다고 했습니다.

그 후, 엄마는 추억 만들기 하자고 대전으로 오셨고, 그때부터 아쉬워했던 아버지 제일을 여기서 기념하게 되었습니다. 엄마와 난 아버지 제일을 의논했고, 며칠 전부터 아버지 얘기를 나누고, 아버지가 좋아하셨던 것으로 정성껏 한상 가득 차렸어요. 너무 흐뭇해 하는 엄마는 아버지를 위해 기도를 드렸어요. 이제야 죄송했던 맘이 조금은 내려졌다기에 나 또한 좋았습니다.

그날도 우린 아버지 제사를 다 모시고 기쁜 마음으로 음복했어요. 술 한 잔 엄마와 나 입술에 젖고, 나물도 전도 들면서, 아버지 얼굴 한 번 보고 건배하면서 편안한 밤을 보냈어요.

# 어머니 내조

⋆

아편한 아버지는 순간순간 이때다 하면 미친 듯이 산과 들로 뛰쳐나갔다. 엄마는 그런 아버지를 쫓아다닐 수가 없었고, 아편을 한 아버지는 잠도 안 잤다. 엄마는 아버지를 주무시게 하기 위해 방이 껌껌하도록 박 문 앞에 검정 천까지 쳤다. 어려운 생활고로 병원도 못 가고 오로지 엄마가 아버지를 붙잡아 지키는 것뿐이었다. 아마도 신념의 내조였을 것이다.

아버지는 오늘도 미친 듯 탐진강 늦가을 바람을 헤치며 혼이 나간 듯 앞으로만 전진한다. 그때 엄마는 오빠를 낳은 후여서 아랫도리에 피 걸레를 차셨다 하셨다. 난 생각한다. 늦가을이면 선뜻선뜻 한기가 들었을 텐데 산후조리도 못 한 내 엄마. 아버지를 뒤쫓아가는 엄마는 얼마나 찬바람이 숭숭 들어갔을까. 가슴에 숭숭 불어오는 그 찬바람은 또 어이 견디어 냈을까.

나 또한 자식을 낳아보니 알겠다.

아아, 내 엄마!

# 아편

*

내 아버지는 아편을 하셨습니다.

아편한 아버지는 잠을 자지 않고 낯선 눈빛으로 몇 날이든 꼭 미쳐 날뛰는 사람처럼 그러셨습니다.

오늘도 엄마는 배꼽도 안 뗀 남동생을 들쳐업고 탐진강 다리께를 신념 하나로 뛰어가고 있습니다. 맨발에 발가락이 까져도 아픈지도 모르고 오로지 아버지를 붙잡아 집으로 같이 가야한다는 그 신념 그것밖에 없었을 것입니다.

# 효사위

*

아버지는 순하십니다.

아이도 어른도 소도 돼지도 오리도 꿀벌조차도 아버지를 좋아합니다. 섬에 계실 때는 푸른 바다에 있는 오리 떼도 아버지를 보면 푸드득 푸드득 아버지 앞에서 학춤을 춥니다. 염소젖도 다른 사람보다 참 많이 짰답니다. 아버지는 동물하고도 친구 간인 것 같습니다.

외할머니는 그러십니다.

효자 아들은 있어도 효자 사위는 못 들어봤다고. 기나긴 겨울에는 외할머니가 저희 집에서 사셨습니다. 겨울 동안 땔감 연료비도 아끼시고 고독하시기 때문입니다. 36세에 청상과부가 되셨는데 잘난 아들네들을 모두 고향 떠나서 살고… 그러니 늘 혼자이기에 정을 그리워하십니다.

아버지는 처가댁에도 잘하셨습니다.

얼마나 친부모 이상으로 잘하셨기에 외할머니는 늘 말씀하셨습니다. 생전에 효자 사위는 처음 본다고. 외할머니는 아버지를 '효사위' 시랍니다.

# 학도병

*

엄마는 대전 현충원 국군묘지 앞에서 힘차게 노랠 부르십니다. 아버지를 기념한다 하면서요. '전우의 시체를 넘고 넘어 앞으로 앞으로. 낙동강아 잘 있거라. 우리는 전진한다.' 눈물 나게 뜨겁게 부르십니다.

아버지는 고모의 고등학교 입산으로 학교 다닐 때 학도병으로 끌려가셨습니다. 그때 아버지는 통신 연락병이었는데, 사람이 직접 통신을 전해 주는 것이 임무라 했습니다. 낮에는 아군, 밤에는 공산군으로 뒤바뀌는 혼돈의 칠흑 같은 밤에 목숨 걸고 사선을 넘나들었다고 했습니다.

밤에 군화 아래로 물컹물컹 밟히는 이름 없는 전사의 시체를 밟고 총탄을 피해서 화순에서 유치로 16세의 나이로 다니셨습니다. 작은 키에 큰 장총을 직접 끌으셨던 아버지.

그런 아버지를 엄마는 세상에 알리고 싶었다 하셨습니다. 그런데 그때 경찰서는 6·25 때 불타버렸고 서류 또한 없어져 버렸다. 그래서 16세 중학생인 아버지의 학도병이란 기록이 없다 합니다. 증인이 2명이 필요하다는데 이제 모두가 기억 속에 희미해져 버렸고, 그리고 이

세상 사람이 아니어서 내 아버지는 그 어디 가서 알려야 할까요. 그 어디 세상에 외침을 해야 할까요?

엄마는 그러시면서 힘차게 힘차게 부릅니다.

전우의 시체를 넘고 넘어 앞으로 앞으로~

낙동강아 잘있거라 우리는 전진한다~

이 땅에 숨진 묘비들을 보면서 아버지를 생각하면서 눈물로 부르는 군가입니다.

# 가족사(입산)

*

할아버지는 말을 타고 다니셨고, 공작과 여우도 키우셨어요. 제 아버지도 학창시절에도 말을 타고 다니셨습니다. 할아버지는 일본어에 능통했고, 상투를 가장 빨리 자르신 개화된 분이셨습니다. 할아버지는 큰 저택이 몇 채나 됐고, 큰 기와집에서는 일본 요리 집을 하셨습니다.

시대적으로 식민지이던 때, 고모는 고등학생이었어요. 그런데 그 고모가 입산해버렸습니다. 그때는 입산을 하면 총살이어서 할아버지는 딸을 구해야 했습니다. 그 큰 집 몇 채와 돈 포대를 일본 순사에게 바치고 고모를 산에서 데려왔습니다. 그때부터 동생인 아버지는 경찰관 학도병으로 끌려갔고, 낮에는 아군, 밤에는 공산군의 통신 연락을 취하는 통신병이 되어야 했습니다.

아버지 키는 아주 작습니다.

긴 장총을 어깨에 멜 때는 총을 질질 끌었다 했습니다. 칠흑 같은 밤 생사를 넘어서 시체를 밟고 연락병을 하신 아버지는 또 입산 가족이라고 무수히 맞았다 하셨습니다. 그렇게 많았던 재산을 고모 한 사람으로 몰락했으며, 그때부터 아버지는 고모를 싫어했고, 그런 일로 아버지는 아편이랑 병을 갖게 되었습니다.

아마도 아버지는 총알받이 연락병으로 생사를 넘나든 16세 어린 학생으로 이 세상을 등지고 싶었나 봅니다.

전 아버지의 자랑스러운 씨를 받은 딸입니다. 아버지는 훌륭한 연락병이셨습니다.

※고모도 내 아버지도 시대의 역사란 한 수레바퀴에 참혹히 걸려든 희생자입니다.

# 각자의 아픈 손가락

*

사촌인 식이는 소아마비다.

소아마비도 정도 것이지 아랫도리가 낙지 같다. 흐느적 흐느적 초등학교 때 식이를 보면 창피해서 돌아서거나 외면했고 그 후 많은 시간이 흘러갔다. 식이가 처음 생각났던 것은 내가 오른쪽 다리가 골절되었을 때였고, 수술과 휠체어와 목발을 짚었을 때였다. 목발이란 게 그리 쉬운 것이 아니었다. 목발을 짚고 연습을 하는데 어깻죽지 겨드랑이가 벌겋게 부어올랐다. 지금의 난 엄마에게는 아픈 손가락이요. 우리 할머니에게는 식이 엄마 내 고모가 아픈 손가락이다.

철이 들고서야 식이의 아픔을 알게 되었다.

평생을 짚어야 했던 가여운 내 사촌 동생 식이의 목발. 그 어깻죽지와 겨드랑이. 난 더 이상 말을 더 이을 수 없다는 게… 이런 것이 아픔이나 봅니다.

# 식이

*

식이는 5km나 되는 먼 학교길을 가방과 도시락을 목에 걸고 흐느적흐느적 목발을 짚고 다녔다. 식이, 내 사촌 동생을 생각하면 어느 동요 '이대로 멈춰라' 가사처럼 난 아무런 동작도 없이 멍하게 멈춰져 있을 뿐이다. 지금 내가 알고 있는 식이는 시계포 수리공을 하고 있는데, 고시 1차도 합격했다 하며, 결혼도 했다 한다. 서로 비슷한 환경인 사람끼리 가정을 이루었고 자식은 서로 낳지 않기로 했단다.

우리 고모의 아픈 손가락은 식이고, 우리 할머니의 아픈 손가락은 고모이다. 하루는 엄마가 할머니에게 한산 모시 적삼을 입혀드리면, 할머니는 고모에게 갔다. 고모가 새로 만난 새신랑이 수박장사를 하는데, 시장 수박전에서 고모랑 수박을 팔며 앉아계신다. 할머니는 또 얼마 못 가서 이번에는 나무전에 있다. 이번에는 나무 장사하는 새신랑이다.

동네 사람들은 수군수군 오약국댁 시어머니 또 수박 전에서 봤다느니, 이번에도 얼마 못 가느니, 엄마는 그런 말 듣는 게 싫으셨던 모양이다. 모시 적삼으로 이쁘게 꾸며드리면 팔자 궂은 딸네 집에 가서 새 사위 밥 차려주는 시어머니가 미우셨던 모양이다. 그러다 본처가

오면 같이 쥐어뜯기고 당하고.

엄마는 속이 상해 할머니에게 제발 식이네 집 좀 가지말라고 했는데, 할머니는 언제나 혼이 나간 사람처럼 고모집에 간다. 미우나 고우나 당신 딸의 문영이 덕이 식이 밥도 차려줘야 하고, 본처에게 두들겨 맞은 못난 딸 죽이라도 끓여줘야 한다고. 오늘도 우리 할머니는 식이 고모 집에 가 계신다.

# 식이고모

★

우리 할머니의 아픈 손가락은 저희 고모인 식이 엄마입니다.

고모는 이 배 자식, 저 배 자식이 있어서, 할머니는 챙겨줄 손자들도 많습니다. 그것이 팔자라면, 앞에 오는 호랑이는 알아도 뒤에 오는 팔자는 모르는가 봅니다.

하루는 엄마가 고모를 찾아갔습니다.

그때 고모는 나무장사를 하는 사장과 한창 사랑에 불붙을 때였습니다. 우리 윈도리집 건너 신흥리에 아이 둘 달린 홀아비가 있는데, 군청 말단 공무원이었으며, 고모가 애들 둘 데리고 와도 되고, 신흥리 앞 논 서 마지기도 고모 앞으로 이전해 준다는 조건이어서, 엄마는 고모에게 갔던 것입니다.

고모 집에는 애들이 4명 있었습니다.

식이, 덕이, 문영이, 종희. 엄마는 고모에게 확실한 의견을 들어보고자 하였습니다. 고모가 원하면 아이 둘 데리고 가고, 식이와 덕이는 엄마가 키워주겠다고 하였습니다. 그런데 고모는 그 나무장수하고 헤어질 수 없다는 것이었습니다. 엄마는 몇 번 다짐을 받아 보았지만, 고모가 후회하지 않는다고 해서 그 얘기는 없던 것으로 되어버렸습니다.

시누이 자식이지만 엄마로서는 쉽게 결정하는 것이 아니었습니다. 자기 희생이 따르는 어려운 일이었습니다. 식이는 소아마비이기도 했으니까요. 엄마는 그런 아이까지 끝까지 친자식처럼 책임져 주려 했습니다. 할머니의 아픈 손가락을 치유해 주고 싶었던 것이었습니다.

# 시아버지의 허허로움

*

엄마와 아버지는 윈도리 집에서 읍내 물방앗간 소방서 김 계장 뒷채로 저금을 나섰다.

할아버지는 고모(큰딸)가 여고생 때 입산으로 모든 재산을 잃었다. 할아버지는 고향에서 알아주는 부자였다. 돈을 마대 포대에 몇 차떼기와 몇 채의 집을 순사에게 주고 고모를 데려왔고, 우린 그때부터 초라한 초막살이가 시작됐다. 아들 손자까지 대가족을 이루고 사셨는데, 하루는 할아버지께서 함께 살았던 엄마인 며늘아기가 생각났던지 동교통 탕진강 다리를 하염없이 걸어가셨다 하셨다. 물방앗간 엄마 집을 지나쳐 훨씬 넘어서였다.

그 말을 들은 며느리인 엄마는 시아버지가 몸이 허해서 정신을 잃으신 거라고 생각한 모양이다.

엄마는 소방서 김 계장댁 사모에게 돈을 꾸어서 시장 닭 전을 가는데, 그때까지 시장을 모르고 사신 엄마는 닭 전이 어디에 있는지도 모르셨다. 엄마는 닭 한 마리를 사서 푹 고아 시아버지께 드렸다 하셨다.

웅성웅성 가족끼리 사시다가 가족이 그리워 그리움에 병이 드신 거라고, 그 허한 마음에 며느리 집을 찾아오시는데 그리되었다 하셨다. 엄마가 시집오던 날, 할아버지 친구들은 할아버지께 선산에 봉 묻어 왔다고 그러셨다. 그래서 저런 복덩어리 며느리가 들어온 것이라고 하셨다.

# 어머니의 눈물 1

*

오늘은 할머니 제사상 앞에서 한 여인이 흐느끼듯 울고 있네요.

어머니 제 잘못이 컸습니다. 제가 어머니 마음을 못 헤아려 봤습니다. 내 딸 팔자가 궂다 보니 이제야 어머니 마음을 알 것 같습니다. 제가 어머니의 마음을 못 짚어 드린 것이… 그래서 제 딸이 이러나 봅니다. 어머니 용서해 주세요. 그 용서 받아주시고 우리 국이에게 허물이 있다면 그 모든 허물을 거두어 가 주세요. 그 허물은 저로 인한 것뿐입니다.

백발이 성성한 한 여인이 시어머니 제사상 앞에서 흐느끼고 또 흐느끼고 있습니다.

# 어머니의 눈물 2

*

아버지는 여수에 약국을 하셨고, 우린 할머니 밑에서 컸다.

할머니는 곱고 체구도 작으셨는데, 은비녀든 금비녀든 꽂은 그 뒷모습이 마치 수선화처럼 수줍은 듯 보였으며 늘상 사람 마음을 아른~ 아른거리게 했다.

엄마가 그날은 저에게 그러신다.

엄마 아버지는 열심히 돈만 벌고, 시어머니는 자식(손자)을 키워주는 것이 당연하게 생각하셨다고. 그러면서 그날은 할머니 빨래를 하시면서 할머니 속고쟁이를 봤는데, 거기에는 크게 덧붙인 주머니가 있었다고. 주머니 입구는 헤어진 듯했는데 그 주머니 아래 안쪽은 낡고 거무스런 누런 기름기가 절여 있었다고.

엄마는 말했다.

너희 할머니는 손끝이 야무져서 가방(결혼식 피로연 음식하는 곳)에서 모셔 가는데 거기서 손자들 주려고 찐밥이며 돼지머리 눌린 것들을 바로 그 속고쟁이 안쪽 덧댄 주머니에 꾹꾹 눌러 담아 오셨다고. 우릴 불러 모아서 먹였다고.

그날 엄마는 할머니에 대한 추억을 그리움을 미안함과 고마움을… 이렇게 세월이 흘러도 잊을 수가 없다고 또 눈물을 흘리신다.

내 자식 새끼 키워주신 것 뒤늦게 감사함을 알았다고. 어머니께 너무나 죄송하다고….

# 토끼고기

*

엄마는 아버지가 있는 섬에서 오면 우리보다 하루 전날에 할머니께 돼지고기를 먼저 잡수게 해드립니다. 그리고 다음에 우릴 먹이십니다. 엄마는 자식 셋을 할머님께 맡기고 아버지에게 가 있었기에 그동안 밀린 생활비를 할머니에게 드렸습니다.

하루 3천 원씩 계산해서 한 달치를 할머님께 드려도 그 돈은 늘 부족해 할머니는 옆 천일네 아재한테 빌려서 우릴 키우셨습니다. 조부님과 할머니가 함께 사셨던 윈도리 집안의 대숲 아래에는 돼지 막사 위에 2층으로 만든 토끼장과 닭장이 있는데 그것은 오로지 할머니 재테크였습니다.

그런데 엄마가 오는 그날 2층 토끼장에 토끼가 떨어진 바람에 돼지가 그 토끼를 뭉개버렸습니다. 그날 할머니는 동네 결혼식 가방에 가서 하루 묶고 오신다 했습니다. 또 그날 하필이면 외할머니가 엄마 집으로 오셨다 했습니다.

엄마는 그날 모처럼 외할머니도 오셨고 해서 죽은 토끼를 어쩔 수 없이 토끼탕을 해 먹었습니다. 우리도 함께 맛있게 먹었고요. 그 뒷날 할머니는 오셨고 가장 먼저 돼지 막사도 보고 닭도 세어보고 토끼도 세어보고는 "애야, 토끼 한 마리가 없구나." 엄마에게 물어보신 거였습니다.

엄마는 지금도 주무시기 전 한 번씩 흘리는 눈물 속에는 그때 그 사건이 시어머니께는 너무 미안하고 죄송했던 일이었다고 하셨습니다.

# 외갓집 못 판

*

36세 청상과부이셨던 외할머니는 비단장사로 이 동네 저 동네 한 보름씩 묵고 오시고, 외삼촌은 공부를 잘한 수재였다.

가난한 외가댁에 엄마는 어쩔 수 없이 16살부터 혼자서 하숙을 치게 되었다. 하루는 학교에서 연락이 왔다 했다. 외가댁으로 학생들이 견학을 온다는 것이다. 그 교장선생님께서 외할머니댁 못자리판이 남다르게 훌륭하기에 학생들에게 보여 주려 견학을 온 것이다 하셨다.

# 외할머니 돌아가신 날

★

외할머니는 마지막인 그 순간까지 자식들에게 후한 대접을 받고 가셨습니다. 젊은 날, 청상과부치고는 노년에 많은 복록을 누리셨습니다. 입 하나 던다고 엄마를 맘에도 들지 않는 아버지께 줘버리고 자식들은 다 유학 보내니 외로움 때문일까 아무튼 외할머니는 아버지와 엄마와 함께 한 집에서 한겨울을 종종 나셨습니다.

유학하고 온 훌륭한 외할머니 자식들이 오면, 아버지는 모든 허드렛일을 다하셨습니다. 그런데 그 자리에는 눈에 차질 않는다는 이유로 아버질 끼워주시지도 않았던 냉정하신 분이셨습니다. 하지만 아버지는 처갓집에 잘하셨습니다. 외할머니는 방배동 자택에서 마지막 눈 감을 때, 삼촌에게 "니 누나가 불쌍하다." 마지막에 그 말을 하시고 가셨다고 했습니다.

# 악어 백

*

악어 백을 지금 내가 들고 다니고 있습니다.

외할머니께서 50세 되던 해, 엄마에게 엄마는 제가 그 무렵 될 때 또 물려받았습니다. 서울 삼촌이 출장길에서 사 온 건데 서울에선 심심치 않게 악어 백 안부를 외할머니께 물어보신다고 합니다. 어머니 잘 들고 다니시죠? 그 백은 팔목에 거는 건데. 외할머니는 멋스럽긴 한데 담뱃갑도 들어가지 않고 하셔서 실속 없는 백이라 하셨습니다.

시간이 지난 후, 엄마께서 그 백을 팔목에 걸고 여수행 금성여객을 탔답니다. 그때 순천에서 멋진 신사분이 엄마 빈 옆자리에 앉으셨는데 그 양반도 악어 백 안부를 물어봤답니다. 그 백이 비싼 거라 해요. 악어 등판이 그대로 보여요. 지금은 그 백을 제가 엄마께 받아서 3대를 내려온 백이 되었습니다.

전 생각 했습니다. 아마도 우리 딸아이는 이 백을 받을 수나 있을까?

내일은 엄마와 이 백을 들고 엄마 추억과 함께 나들이하려 합니다.

# 까치야 까치야

*

한 십 년 전일까? 난 짤막한 그 책을 보고 뒤 돌아서서 울고 다시 생각나서 울었습니다. 요즈음 내 엄마와 나와의 얘기인 것 같아서요. 노부부와 40이 넘은 아들, 아버지는 치매로 아들에게 묻습니다.

"아들아, 저기 있는 새가 뭔 새냐?"

아들은 처음에는 평상시처럼 아버지, 까치요. 치매가 있는 아버지는 아들을 또 부릅니다. 아들아, 저기 나무 위에 새가 뭔 새냐 물으니, 이번에는 더 큰소리로 까치란 말이요. 또 아버지는 잊어버리고 아들을 불러 아들아, 저 나무 위에 있는 새가 뭔 새냐 하니, 아들은 짜증을 내면서 아버지, 까치라고요. 까치 까치요!

그때 엄마가 아들을 부릅니다.

아들아, 우린 네가 처음 말을 하려고 할 때였다. 그때 넌 아빠한테 아빠, 저 새가 뭔 새야? 그때 아버지는 아들아, 저 새는 까치란다 백번이고 천 번이고 너가 물을 때마다 웃으면서 얘기해 주셨단다.

난 그 책을 보면서 한동안 마음이 먹먹하듯 마음이 종일 무거웠다. 그때 난 많은 것을 반성했습니다. 아마 10년을 다져 먹었던 마음일 겁니다. 엄마의 잦은 치매 그리고 눈 어둡고 귀 어두운 내 엄마!

까치란다 까치란다! 또 다져먹습니다.

# 최불암

*

가게 커피숍은 늦게까지 하는 새벽 장사입니다.

그 시간에는 저와 엄마가 좀 떨어져 있는 시간입니다. 수시로 엄마를 보고 불편한지 이불은 발로 차고 주무시는지 옆에서 챙겨드려야 하는데 그러지 못해 걱정이 많이 됩니다.

엄마는 특히 무서움을 많이 타기에 마음을 잘 다독거려 드려야 합니다. 엄마는 오늘도 성경책을 꼬옥 품고 주무십니다. 새벽 장사를 마치고 들어가니 엄마가 환히 웃으며 그러십니다.

“텔레비전에 최불암이가 나오니 오늘은 덜 무섭다.”

# 경노당 학교

★

노모하고 살면 똑같은 말을 하고 또 하고 또 하고… 들을 말은 많고 추임새도 맞춰줘야 합니다. 그렇지 않으면 울 엄마는 삐치십니다.

오늘 엄마가 두 아들에게 하신 심각한 말씀, 아가 아가 절 부릅니다. 왜요? 엄마 무슨 생각을 깊이 하셨는지 하신 말씀, 너희 오래비는 말이다. 대전 힘들다 하면 큰돈도 보내고 먹을 것도 자기 식구라 생각하고 택배로 골고루 다 보내는데 보약을 생전 안 보내 준 것 같지? 그리고 또 하신 말씀, 과천 작은아들은 택배나 돈은 얄짤 없는데 비싼 보약만 시도 때도 없이 가지고 온다고 그게 무슨 뜻일 거나 저에게 심각하게 물어보십니다.

아마 제 느낌이 노인당에서 무슨 말씀을 듣고 오셨나 봐요. 그곳도 학교거든요. 아들 공부도 며느리 공부도 한다 합니다. 그곳도 또 하나의 세계가 있다 하십니다.

# TV

*

엄마는 보청기를 끼십니다.

그런데 요즈음은 코로나로 집 안에 누워 계신 시간이 많아서 보청기를 안 하시기에 엄마와 무슨 얘기를 하려면 큰 소리로 해야 하니 여간 힘이 드는 것이 아닙니다.

"엄마, 제 입 모양 좀 보세요."

그래도 엇박자를 냅니다.

오늘은 엄마 흉을 좀 볼까 합니다.

낮에 엄마 침대에서 잠시 쉴 때 엄마 방 TV를 켤 때면 깜짝 놀라 뒤로 자빠질 때가 한두 번이 아닙니다. 한마디로 경기 일어납니다. 혼이 나갈 것 같습니다. 전 엄마에게 수차례 TV를 끌 때면 소리 좀 낮추고 꺼주세요 해도 엄마는 그때마다 노력하겠다고 하고는 그때뿐입니다.

# 찜질방

*

한여름에도 엄마 옥침대는 28도. 방바닥 보일러 돌아가는 중.

우리 몸은 과학인 것 같아요. 추우나 더우나 쾌적한 것을 좋아해요. 전 엄마와 한 방을 써요. 엄마는 침대에서 전 그 아래 요에서 자요. 누워서 손만 뻗치면 엄마 손을 만질 수 있어서 좋아요. 일을 마치고 방에 들어가면 방 공기가 후끈거려요. 마치 찜질방 몸 지지러 온 것 같아요. 좀 지나면 앞가슴에서 땀이 줄줄 새요. 엄마는 가게일 마치고 들어온 시간부터는 제 온도에 맞추라고 하시는데 엄마가 아직 회복이 안 되니 전 괜찮다고 해요. 그러다 못 견디게 더우면 난 옷을 훌러덩 벗고 거실로 가는 바닥에서 이리 뒹굴 저리 뒹굴 한바탕 덕석말이하고 들어와요.

# 원도리집

*

엄마 아버지는 원도리에서 사셨는데, 아버지는 마당 가운데에 여러 가지 나무 심었다. 5월이면 온 마을이 우리 집 라일락 향기에 취하고, 대청 덧마루 바로 앞에는 채송화와 작약꽃이 휘어지듯 피었다. 그리고 뒷마당에는 감밭이 있었고 좀 더 올라가면 대숲이 있었는데, 대숲 꼭대기 위에는 참새집이 둥글게 둥글게 보였다. 대나무밭 아래는 돼지 막사가 있어서 학교 마치고 오면 난 돼지밥도 주고 풀도 주고 또 토끼와 닭도 불러보는 게 그때는 그것도 놀이였다. 할머니는 왕겨 태운 재를 언제나 정구지 밭에 뿌렸는데 그래서 밭은 늘상 뿌연했다.

# 엄마의 표정

*

고개 숙인 엄마의 표정에서는 여러 사연이 함께 묻어나요.

고향산천에 대한 그리움인지 두고 온 늙은 동무 생각인지 힘없이 늙어가는 세월에 대한 허무인지… 전 엄마의 그림자도 무얼 생각하고 있는지 알 수 있어요.

그래서 엄마는 저에게 '엄마박사'라 해요.

# 아시나요?

*

아시나요?

슬픔도 괴로움도 기쁨도 내 엄마의 늙음과 함께 늙어간다는 것을요. 세상의 모든 엄마도 그리고 내 엄마도 그러세요. 아무리 기쁜 일도 세상 엄마들은 그냥 소리 없이 웃고만 지나가요. 젊은 우리들처럼 하하 호호 그러질 못해요.

왜냐하면, 늙으면 기운이 없어서요. 슬픔도 기쁨도 마찬가지예요. 세월이 흘러갈수록 힘도 없어서 슬픔도 괴로움도 기쁨도 내 마음에 전부를 담지 못하기에 슬퍼도 그냥 그래, 기뻐도 그냥 소리 없이 피식 웃는 듯 마는 듯 끝나는 것을 우리 엄마 늙어가는 모습에서 알 수 있었어요.

오늘은 엄마가 '아가'하고 절 부릅니다.

나는 말이다. 부러울 것도 원하는 것도 하나 없다. 다 넘고 쳐지니. 큰아들이고 작은아들이고 또 이 세상천지 너 같은 딸도 없고. 그러시면서 행복한 것도 기운이 없어서 축 쳐진다고 하십니다.

나는 엄마의 그 말에 심장이 쪼아들 듯 멍해집니다.

제 마음을 아시나요?

# 어머니 12월까지 계획

*

엄마는 얼마 전에 적금을 타셨다고 저에게 천만 원을 주셨어요. 그리고 정기 예금을 다시 시작해요.

저희 엄마는 그러세요. 당신 몸 아프면 검사받으시고 그러면 두 아들네는 넘치게 돈을 보내와요. 엄마는 그 돈 다 모아서 약한 저에게 다 주세요. 그리고 올 12월 계획이 있다고 해요.

엄마 방에는 현금 비밀 공간에는 늘 현금이 있어요. 그런데 이번 돌아올 추석 때 아들들한테 돈 받고 그러면 합쳐서 5돈짜리 금목걸이를 저에게 선물해 주는 것이 엄마의 12월 목표래요.

# 어머니 고백

*

엄마는 당신이 떼쓰시고 억지 부렸다는 것을 아실 땐 저에게 말씀하십니다.

“내가 너를 괴롭게 하는구나. 너를 괜시리 괴롭게 하고 있어. 갈수록 더 이럴 텐데 어쩌면 좋으냐. 니가 정 힘들면 니 오래비한테 날 보내라.”

엄마 또한 불안한가 봅니다.

전 엄마 마음을 진정시켜 드립니다. 떼쓰시고 억지 부리실 때는 엄마는 10살 아이입니다. 우리 어릴 적 엄마 치맛자락만 잡고 안 떨어지려는 것처럼요. 엄마, 난 엄마가 멀뚱멀뚱하게라도 나만 쳐다보아도 그것으로 좋아요. 가게 방에서 엄마 눈 한 번 같이 쳐다보고 내가 엄마 봤으니 힘이 생기잖아요. 그러면 더 열심히 일하고 또 일하고 그러니 아무런 걱정하지 말고 정신 줄 잡고 있어요. 엄마 옆에 항상 내가 있으니 무서워하지 말고 엄마 아셨죠?

엄마는 그 어디도 못가세요. 전 엄마만 따라다닐 거예요.

그렇게 엄마 마음 안정시켜 드려요.

사랑하는 내 엄마, 가여운 아기 같은 내 엄마 정말 정말 사랑합니다.

# 쪽파

★

이맘때쯤이면 쪽파김치를 담아 먹으면 맛이 있다.

엄마도 좋아해서 마트에서 쪽파를 샀다. 깐파는 좀 비싸서 그냥 안 깐파를 샀다. 다행히 물건이 실하여 파 다듬기가 수월해서 두 단은 금방 파김치를 담았다. 맛있었다.

엄마 보시기에 딸아이가 잘 먹으니 엄마는 좋으셨나 파를 또 사오셨다. 그 무거운 것을 어찌 들고 오셨는고? 딸이 잘 먹으니 그 힘으로 사오셨는데 깐 파도 아닌 안 깐 파 다섯 단. 물건을 펴보니 실파 같은 파. 머리에 쥐가 내린 듯 한숨이 절로 난다. 바닥에 신문지를 펼쳐 놓고 1/3쯤 까다가 패대기를 친 후 열이 폭발하여 엄마 방으로 쫓아갔다.

엄마! 날 죽일려고 이 파를 샀네?

날밤새기 장사한 딸한테 날 죽이려고 사 온 거야. 저 많은 파를 내가 무슨 재주로 다 까라고. 엄마 나 미쳐 돌아.

그리고 나와서 그 쪽파를 다시 또 패대기를 쳤다가 열이 또 끓어오르며 휴우~ 휴우 하고 있는데 그때 엄마는 나에게 오셨다. 그러며 한마디 하셨다.

네가 단돈 만 원을 쉽게 쓴 사람도 아니고 또 나 먹자고 샀냐면서 그 무거운 것 끙끙거리고 돈 쓰고 온 엄마한테 할 소리냐.

난 또 엄마한테 한 방 더 맞았다.

그 많은 파를 다듬으면서 수양 100년을 한 것 같았다.

도인이 된듯하다. 어쩔 수 없는 진실이다. 많은 양의 파김치를 담아서 그럴까 맛있는 냄새가 익어가는 냄새가 지금은 솔솔 난다.

그런 후, 엄마는 내게 조용히 말씀하신다.

너 선에서 얼마든지 할 수 있잖니?

엄마 몰래 버리든 아니면 옥상 텃밭에 좀 묻어두든 내 마음이 잠잠해졌다.

# 보탬이 안된다는 딸

*

이따금 엄마는 나에게 그러신다.

보탬이 안 된다고…

TV 리모컨을 가게로 끌고 다녀 TV 좀 볼려고 하면 없고, 신발을 갈지자로 벗어 놓고 나면 엄마가 치워야 하고, 바지도 홀라당 뒤집어 벗어 놓은 것도 엄마 책임이라고. 생긴 것 하고는 영 딴판이라고.

울 엄마 일은 엄청 많다.

난 이런 엄마가 계셔서 얼마나 행복한지 모른다.

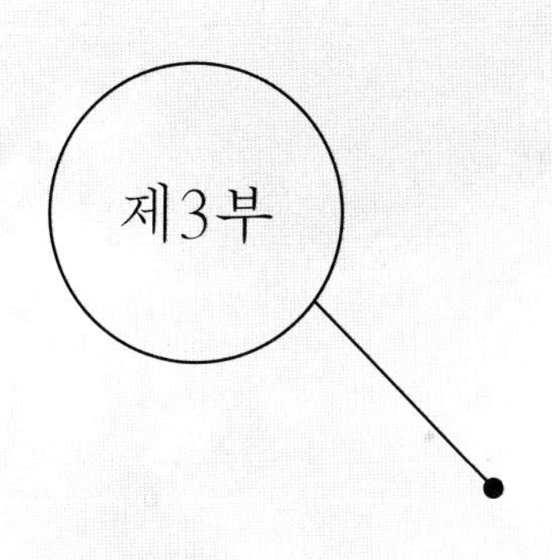


# 이발하는 날

# 어머니께 드리고 싶은 말

*

고마우신 내 엄마께!

엄마!

엄마랑 사는 동안 엄마는 저에게 많은 행복을 주셨어요. 꿈도 주었고, 지혜도 주었고, 용기도 주었어요. 전 엄마의 의지와 힘으로 용기를 내었고 그리고 엄마를 좋아해서 즐겁게 살아왔던 것 같아요. 물론 싸운 적도 많았어요. 그건 서로 사랑해서 였잖아요.

오늘도 엄마가 노인당에서 돌아오실 시간이 되어 문 앞 입구에서 서성거릴 때면 초등학생처럼 설렘에 가슴이 뛰었고, 비가 오면 우산을 들고 엄마께 바삐 가는 걸음 또한 설렘으로 물들곤 했어요.

잠잘 때 누우면 바로 엄마 손을 잡을 수 있어서 좋았고, 같이 목욕하고 서로 등을 밀고 엄마의 젖은 머리를 드라이기로 말려 드릴 때, 엄마의 이쁜 모습을 보면 행복했어요.

신우신염으로 엄마가 사경을 헤맬 때였지요.

그때 차도 없고 가는 도중에 똥을 싸고 엄마 체중은 무겁고 병원에서는 코로나로 입원도 안 해주고… 전 하늘을 보고 동동 거렸어요. 지금도 그 생각하면 맥이 다 빠져나가 버려요.

엄마랑 티격티격 그때마다 전 후회하고 뒤돌아서 우는 걸 엄마도 아시잖아요. 그리고 서로 붙잡고 울고 그랬어요.

엄마는 큰아들이든, 작은아들 무슨 돈이든 모아서 저에게 전부를 주셨어요. 정자나무 아래 우물처럼 저에게 전부를 주셨어요. 엄마, 제가 이 동네에서라도 인정받고 사는 것도 엄마의 바른 교육이었어요.

엄마!

전 엄마가 언제나 건강하셨으면 해요. 언제나 내 곁에서 손잡고 주무시고 아침에 눈을 뜨면 같이 다니면서 눈이 내려도 좋고 비가 와도 좋고 바람이 불어도 좋고 엄마랑 행복하게 웃고 살았으면 해요.

엄마, 엄마가 가장 예쁘고 귀여운 데가 어디인 줄 아세요?

그건 똥 싸고 매화타령이에요. 그때가 엄마가 가장 예뻐요.

-딸 올림

# 어버이날

*

시골에서나 과천에서나 돈이 착착 잘 들어온다.

엄마는 복도 많으며, 손자 손녀들까지 할머니께 돈을 쏟아부어요. 해라 해서 그런 것도 아닌데 당연히 손자들이 자진해서 하기 때문이죠.

어버이날, 엄마는 나에게 어머니의 은혜를 불러 달라 하신다. 나야 돈도 안 들어가는지라 바로 오케이 사인.

그날 밤, 족발 하나를 시켜놓고 와인 한 개를 땄다.

짜자잔~ 건배하고 건배사를 하고 한 잔씩 마시는데 스파클링 와인이 미치도록 맛있다 하신다. 노인당에도 한 병 가져가서 함께 마시고 싶다 하신다. 엄마 마음대로 하소서! 은근히 취해 노래를 불러드렸다.

나실제 괴로움 다 잊으시고~

어느새 울 엄마 작은 눈이 붉어지시고 나 또한 그러했다.

아마도 울 엄마도 당신 엄마를 그리워하겠지.

우린 눈물 반, 내 마음대로 자작곡 반 부르는데 따르릉 전화벨 소리가 들린다. 아들과 며느리이다. 엄마, 제발 돈 모으지 말고 팍팍 쓰라는 것이다. 아프면 병원비며 모든 걸 책임질 테니 제발 엄마를 위해 돈을 팍팍 쓰라는 것이다.

# 새 드라마

*

엄마는 책도 좋아하고, 드라마도 좋아했다.

그런데 그렇게 좋아한 새 드라마에 적응을 못 하겠다는 것입니다. 그 얼굴이 그 얼굴이고 스토리 전개가 여러 갈래이니 뇌에서 받아주지 않는다는 겁니다. 여러 차례 드라마 주인공도 얘기해드리고 짚어드려도 또 설명해드려도 머리 복잡하다 합니다.

이게 늙어가는 엄마 모습일까 염려와 속이 팍 상합니다.

그렇게 새 드라마를 좋아하셨는데. 주방에서 일하다가도 그 시간 때가 되면 TV 앞에 앉았는데, 객지에 있는 우리에게도 그 시간 때에는 전화도 하지 말라 하셨는데. 왜? 우리 엄마는 이리되어 가는 걸까?

전날도 오늘도 내일도 엄마는 당신이 젊은 시절에 다 보았던 '전원일기' '사랑과 야망' '왕건' '토지' '인수대비' '광해군' 10년, 20년 지난. 그리고 '제3공화국' '제4공화국'을 보고 또 보고 그럽니다. 드라마도 그렇지만, 스포츠 뉴스 정치 세계 테마 바닷속 대자연 그런 공부를 좋아합니다.

새 드라마보다 아는 것이 편하고 아는 배우가 더 좋다는 엄마. 예전의 엄마가 아닌 엄마. 지금도 엄마는 전원일기를 보는 중입니다. 그 모습을 보고 있자니 괜히 속상합니다. 지금 재미있는 새 드라마가 얼마나 많은데.

# 너에게 박수를 칠게

*

우리 집 세탁기는 나처럼 갱년기일까?

드르륵드르륵 빨래 일이 많아서 아마 힘이 부쳐서 그럴까?

아직은 더 잘 돌아가야 하는데 내일도 모레도 돌고 돌아야 할 텐데.

오늘은 엄마 똥도장 이불 빨래, 요가 2장이다. 다행이 세탁기도 덜컹덜컹 그래도 잘 돌아간다. 고마운 세탁기이다. 내 나이쯤 되어가는 걸까. 후끈 열이 달아오르면 세탁기도 힘들다고 한마디 한다. 들들거리는 소리가 마치 푸념하듯 한다.

나는 세탁기에게 그런다.

"짜증 내지 말고 잘 좀 돌아가게 해줘. 네 운명이 내 운명인 것을 잘 알고 있지? 오늘은 요 빨래만 할게. 좀 쉬고 내일 다시 만나자."

"엄마 속옷이랑 팬티, 수건 등은 내일 너에게 갈 거야. 많이 힘들게 하지 않을게 눈치껏 할 거야. 그러니 웃어줘. 짜증 내지 말고."

그런데 너에게 부탁할 게 있어.

나도 너 힘들까 봐 엄마 똥 싼 속옷 흐르는 물에 찰랑찰랑 헹궈서 너에게 준단 말이야. 수건에서 희멀건 가는 실줄 같은 건더기가 나오면 그것은 네가 해결할 수 있잖아.

사랑하는 세탁기야!

오늘도 내일도 넌 정말 장한 내 친구야.

네 인생에 박수를 친다.

# 아들이란

*

잘난 두 아들은 엄마보다 각시를 더 좋아하고, 비리비리한 내 딸은 엄마 없으면 못 산다 해요. 당신 아플 때 두 아들은 엄마 왜? 이러세요. 살 한번 안 만져주면서 각시 살은 좋다고 해요.

하지만 내 딸은 나 잠들 때까지 머리부터 발끝까지 살살 만져주면서 날 재우는데…

이것이 무슨 조화일까 모르겠답니다.

# 사각사각 가위질 소리

*

난 밤 장사로 피곤했다.

엄마 방 엄마 옆에서 한숨을 잤었다. 비몽사몽 간에 뭔가 사각사각 칼 가는 소리에 움찔거려졌다. 부스스 일어나 엄마 뭐 하세요? 엄마는 긴 가위로 엄마 틀니 살굿빛 나는 틀니 안쪽을 사각사각 갈고 계신 거였다.

엄마! 치과에 가셔서 하시지 그래요?

엄마는 당신 본인이 더 잘한다고 하는데 틀니란 아주 미묘한 작은 차이다. 당뇨로 이 윗몸이 붓고 빠지고 반복하는데 그 차이에 틀니는 덜크덩 덜크덩. 하마터면 이번에 목에 넘어갈 뻔하셨다고 엄마는 부지런히 갈고 계신다.

이를 어쩌나.

말릴 수도 안 밀릴 수도 없는 이 한밤중의 칼 가는 소리에 난 움찔 움찔….

난 이불을 확 뒤집어 썼다.

아! 이건 미치도록 괴롭다. 이것이 한 방과 각방의 차이다.

# 분가

*

엄마는 속상하면 아무도 모르는 곳에서 당신 혼자 살고 싶다 한다. 나는 엄마랑 서로 사랑은 해도 잘 싸운다. 그때 엄마는 분가해서 당신 혼자 살고 싶다고, 다 싫다고 그러신다. 그 말에 내가 묻는다.

"엄마, 분가해도 되겠네. 그 돈이면 충분히 엄마 혼자 살 수 있지. 그런데 엄마 똥 누고, 엄마 똥구도 못 닦으면서 어떻게 분가해?"

그랬더니 "그렇구나." 처음 단단히 각오한 표정이 뜨거운 물에 믹스커피 알갱이가 풀리듯 힘없이 풀린다. 그러시면서 엄마는 이리 말씀하신다. 우리딸은 무서움 탄 엄마 단 한 번도 홀로 안둬봤다고.

# 행복한 시간

*

엄마가 드실 것을 준비하는 일은 마냥 즐겁기만 하다.

그래서 상차림은 콧노래도 슬슬 나오기도 합니다. 엄마가 내가 정성껏 차린 음식들을 잘 드시면 바랄 게 없습니다. 오늘은 벚꽃이 온천지 흐드러지게 피고 지고 있네요. 바람에 휘날리는 월드컵 경기장 근처에 큰 주차장이 있는데 그곳에 차를 파킹하고 준비해온 도시락을 차에 펼쳤습니다. 부족한 공간이지만 행복지수가 높으니 부족함을 모르겠습니다.

벚꽃나무 아래 꽃송이가 흩어져가는 풍경을 보면서 김밥을 들고 건배하고는 엄마 한입 드시게 합니다. 또 가장 좋아하시는 커피로 또 건배. 엄마는 생글생글 세상근심 하나도 없는 듯 보였습니다.

저희 엄마는 돈 안 쓰는 것을 가장 좋아해요. 식당 밥보다 집에서 싸 온 김밥이 최고라네요. 엄마는 그러세요. 약 중에 최고 명약은 절약이라 하니 말이죠. 울 엄마는 짠쟁이!

요즘처럼 같으면 너무너무 행복합니다.

엄마는 아침, 점심, 저녁을 잘 드십니다. 고기, 김치, 오이소박이, 과일 뭐든지 잘 드십니다. 그리고 잠도 잘 주무십니다. 요즘만 같으면 무얼 더 바라겠습니까? 전 엄마께 항상 그럽니다. 엄마 이럴 때일수록 더 조심조심해야 해요. 방에 물기는 없는지 조심하시고, 미끄러운 욕실도 조심해야 해요. 낙상이 최고로 위험하니까요.

조금이라도 좋지 않으면 드시지 마시고, 엄마 기저귀도 아끼지 말고 한 번 쓰시면 딱 버리세요. 주무실 때 엄마 손 잡아 보면서 이렇게 얘기했어요. 그리고 엄마 제 곁에 있어 주셔서 고맙고 감사해요. 제가 살아 보니까 각방 쓰는 것과 한 방 쓰는 방의 차이는 천 가지 차이인 것 같았어요. 전 엄마와 한 방을 쓰면서 감사한 것들이 많았어요. 고마운 것들이 많았어요. 눈물도 많아지고 또 스스로 깨닫는 점이 많아 수양이 되어서 진정한 어른이 된 것도 같아요. 그런데 진정한 참 어른이 되는 것은 인내와 괴로움이 녹아나서 철든 어른이 되나 봐요. 힘들어요.

# 또 싸워요

*

엄마 체중 78kg, 내 체중 60kg. 내 가는 곳 엄마와 같이, 엄마 가신 곳 저도 가고 오늘은 너무 힘들었어요. 엄마 체중까지 제가 책임져야 하다 보니 힘들어서 짜증이 나서 눈물이 터지고 말았어요. 엄마가 귀가 어두운 것은 아는데 너무 제 말을 못 알아들으실 때는 더 큰소리로 할 때는 뱃가죽도 힘들어요. 아니 그것보다도 동행하면 제 뜻에 따라 오시면 얼마나 쉽고 좋겠어요.

귀 어두우시면서 당신이 절 데리고 다니고 하니 꼭 의견 충돌이 생기고, 엄마는 서러워서 울고, 난 속상해서 울게 돼요. 엄마는 인공관절을 해서 몇 걸음 못 걷고 잠시 쉬었다 다시 같이 움직여요. 또 공중화장실 들려 기저귀 갈고 혹 병원이라도 갈 때는 엄마 귀가 어두워 실수해서 상대에게 존중 못 받으면 전 속상해요. 그럴 때면 엄마 제가 알았으니 가자고 하면 바로 따라 나서주면 얼마나 좋을까? 그런데 일덜 봤다면서 꼭 우기세요. 그러면 전 발을 동동 거려요.

# 들어보세요

*

전 엄마가 주무실 때쯤 되면 TV를 보면서 머리부터 발끝까지 살살 만져드려요. 욕창으로 아픈 곳도 살펴보고, 어깻죽지 내려온 부분이 주무실 때 엄마 체중이 아래로 눌려서 그곳은 혈액순환이 잘 안되어요. 늘상 파스를 자주 붙이는 곳이랍니다. 그사이 엄마는 절 웃게 만들어요.

내가 엄마 젖을 만지면 "국아, 거긴 아가 벤또(도시락)." 불룩한 배를 만지면 "거긴 아가 운동장." 또 엄마는 기저귀를 차니 아래가 잘 헐어요. 그래서 살펴드리면 엄마는 또 그러세요. "거긴 아가 너 고향, 너 고향이 거기니 너가 누굴 닮았겠니?" 난 웃음을 참으며 대답해요. "난 엄마 닮았지."

엄마 젖 먹고, 엄마 뱃속에서 발길질하고, 엄마 거기서 나왔으니, 엄마 말처럼 제 고향이 맞아요.

# 엄마 의사 선생님

*

엄마 담당 엔도내과 원장 선생님은 의사가 아니셨으면 패션가였을 것이다. 검정 목티에 어떤 날은 핑크 베이지. 난 답답해 죽겠더만, 오늘은 은회색 빛 도는 목티를 입으셨다. 그리고 다른 매력도 지니신 분이다. 시골에서 가져온 고향 특산물을 드리면 호방하고 환하게 정으로 받아준다. 귀 어두운 엄마를 뵐 때면 일단 의자를 앞으로 당기며 큰 소리로 말해줘요. 또 진료하실 때는 엄중해요.

어느 날, 엄마는 홈쇼핑에서 본 꿀가래떡만 보셔도 선생님께 드리고 싶다고 한다. 엄마에게는 그럴 만한 이유가 있다. 대전 오셔서 죽음의 문턱을 세 번이나 넘나들었다. 코로나로 큰 병원이든 작은 병원이든 받아주지 않았다. 엄마의 육중한 몸을 안고 초조해하며 동동거리던 날.

"저희 엄마 좀 살려주세요."

선생님이 많은 고심을 하는 것을 느낄 수 있었다.

여러 가지 여건과 환경. 선생님이 그나마 자신 있었던 것은 병원의 데이터에 엄마 병력에 대한 이력뿐이였으리라. 더 이상 갈 곳도 받아

줄 곳도 없는데, 처져가며 풀려가는 엄마의 눈동자를 보며 엄마를 끌어안고 하늘을 보며 기도할 뿐이었다.

그때 선생님은 수많은 갈등과 고심 끝에 모험적 선택을 해 엄마를 받아들였고, 천신만고 끝에 엄마는 회복되었다. 이후에도 그렇게 세 번이나 엄마를 도와 살려주셨던 분이 지금의 엄마 담당 선생님이시다. 저와 엄마에게는 하늘에서 보내주신, 세상에서 가장 소중한 분이시다.

# 니 고향은 잘 있단다

*

가게가 조금 한산해서 엄마 생각이 났습니다.

순간 보고 싶었습니다. 울 엄마는 드라마 시청 중 또또 전원일기입니다. 별 탈 없어서 나오는 길에 엄마 이불을 제치고 엄마 엉덩이 까고 똥꼬 검사하고 토닥토닥했더니, 울 엄마 하시는 말씀 "니 고향이라서 그리 보고 싶어서 왔냐." 그러시면서 "그래 니 고향이니 니가 잘 지켜라."

엄마! 전 제 모든 것을 다 바쳐서라도 내 반쪽을 떼어서라도 엄마와 끝까지 함께할 겁니다.

# 옆집에서 오신 손님

*

엄마 방에서 들려오는 TV 소리는 방 한 칸을 건너뛰어도 웅웅거린다. 하루는 옆집에서 찾아왔다. 자기네 아들이 집에서 쉬면서 공무원 시험 준비를 하는데 TV 소리가 너무 커서 공부에 지장 받고 있다고 한다. 그저 죄송하다고 할 수밖에.

엄마는 눈도 심각한 당뇨로 안 보이지만 귀도 심각합니다.

그런데 엄마는 모든 게 다 궁금해요. 알고 싶어 해요. 뉴스도 스포츠도 자주 저에게 물어봐요. 큰 소리로 잘 가르쳐 드려도 엇박자로 들으신 엄마. 그때 난 엄마를 쿡 찌르면서 "엄마, 나 입 봐봐. 내가 뭐라고 하나 내 입 보고 말을 해봐." 그래도 울 엄마는 엇박자. 왼쪽 다리 얘기하면, 울 엄마는 천연덕스럽게 오른쪽 다리 얘기 중입니다.

알면서 나를 놀리는 걸까? 울 엄만 개구쟁이 스머프같아요.

# 주황색 신발

★

홈쇼핑에서 무얼 주문하면 엄마랑 똑같은 것을 한 벌씩 주문해요. 이번에는 신발이었는데 주황색이었어요. 동네 마실 다닐 때 커플처럼 똑같이 신고 다녀요. 얼마 전에는 시장에 갔는데 채소가게 사장님이 우릴 보고는 더 좋아하세요. 이번에는 여름 원피스였는데 세트로 같이 입었습니다. 엄마가 나 닮고 저가 엄마 닮아 서로 닮아서 엄마랑 웃습니다.

전 엄마에게 많은 행복을 더 드리고 싶어요.

엄마와 같은 신발을 신고, 같은 남방 티를 입고, 원피스도 입고, 가을 바바리코트도 같이 입어요. 우린 서로 바라보면서 서로가 닮았다고 웃고 우린 누가 뭐래도 커플이라서 행복해요.

# 우리 동네 비뇨기과

*

엄마는 신우신염으로 대학병원에서 치료를 받으시고 의사 선생님께 오줌이 너무 자주 마려워 밤에도 힘들다고 하셨습니다. 그랬더니 의사 선생님은 비뇨기과에 진료를 받아 보라고 해요. 마침 우리 동네에 비뇨기과가 있어서 오늘은 엄마를 모시고 그 병원으로 갔습니다.

그 병원은 4층이었는데 들어가 보니 검정색 썬팅지로 어둑어둑하게 된 병원이었습니다. 우리가 잘못 들어왔나 했습니다. 일단은 소변검사를 받고 약 처방전을 받아 가지고 오는데 알고 보니 그 병원은 엄마 병을 고치는 곳이 아니라 남자들 크게 세우는 곳이었어요. 우리는 내려오면서 엄마랑 얼굴을 마주보며 죽기 살기로 웃었어요.

# 대장내시경

*

병원에서 준 약을 먹고 전날부터 굶고 마시고 싸고 씻고 이제 더 이상 쏟을 게 없으신가 보다. 그리고 탈진이 오나 보다. 나 역시도 엄마와 똑같이 화장실 가고 운동시키고 마시고 싸고 또 씻고 새벽까지… 나도 피곤했는지 그대로 퍼져버렸다.

아침 일찍 병원에 도착한 엄마는 용종 9개를 제거했다.

그동안 나는 의자에 앉아서 기다리는데 어찌나 조바심이 나던지 화장실만 수없이 드나들었다.

또 속절없는 이런 상황 속에서도 어찌나 졸음이 쏟아지는지 깜빡 졸다 화들짝 놀라 깨고 또 졸고… 세상에서 제일 무거운 것이 눈꺼풀이라더니 그 말을 실감했다. 끄덕끄덕 화들짝의 반복…

한참 뒤, 엄마는 무사히 잘 끝내고 건강하게 나오셨다.

이제야 안심이 된다.

장한 울 엄마!

이젠 회복을 위해 소복시켜드려야겠다.

머릿속에는 수많은 요리책들이 왔다 갔다 한다.

# 뭔지 모르게 기분 좋은 것은?

*

몸이 가볍다 뭔지 모르겠지만 기분이 산뜻하게 가볍다 뭘까? 뭘까? 날 이렇게 기분 좋게 홀리는 것은 무엇일까? 생각해 봤어요.

아~ 하, 그렇구나. 요즘은 엄마 몸 컨디션이 좋아져서 그러는구나. 식사 잘하시고 잠 잘 주무시고 그래서 내 몸도 컨디션이 좋았구나.

# 방구 냄새와 똥 냄새의 차이

*

엄마와 전 한 방을 쓰고 있습니다.

언제든지 손만 뻗치면 엄마를 만질 수 있습니다. 요즈음 엄마가 계속 기저귀를 차니 아래가 많이 헐었습니다. 연고도 발라 드리고, 부채질도 해드리고, 입으로 후 불어드리기도 합니다. 전 웃는 말로 엄마 난 엄마 것하고 똑 닮았어요. 엄마는 니 고향이 거기니 당연 닮았지 하십니다. 그때 엄마는 방귀를 뽀오옹 난 냄새 냄새하면서 엄마 이불을 털어낸답니다. 그건 엄마에게 웃자고 하는 제 행동이랍니다.

전 참으로 이상합니다.

방귀 냄새는 알 것 같은데 날마다 떡 주무르는 듯한 엄마 똥내는 전혀 모르겠어요. 남이 들으면 이해 못 하실 테고요. 그런데 제 엄마는 이해하십니다. 아참, 우리 집 두 올케 오빠 남동생도 이해한다고 해요. 참 이상한 일이지요?

# 우리가 좋아했던 시간

*

엄마는 저와 한 번씩 공주 밤막걸리를 드시는데 저도 엄마 따라서 그 맛을 보니 맛이 있습니다. 전 마트를 가면 한 병씩 사서 엄마께 보여드립니다. 오늘 점심때는 돼지고기 상추쌈이었습니다. 간질간질 간기 있는 음식 하고는 막걸리가 잘 맞는 것 같습니다. 그것을 궁합이라 합니다. 우린 종이컵에 찰랑찰랑 밤막걸리를 붓고 쌈주머니 하나씩 들고 건배를 합니다.

전 이런 행복한 시간을 오래도록 기억할 것입니다.

우선 엄마께서 걸을 수 있어서 행복하고, 이렇게 맛있게 드실 수 있다는 것도 감사드릴 뿐입니다.

# 미역 3단

*

아버지를 생각하면 그리움에 콧등부터 찡하게 저려옵니다.

아버지가 좋아하는 비계 붙은 돼지고기를 보면 울컥거려집니다. 아버지가 처음 돈이란 것을 만지게 된 동기가 있었습니다. 미역 3단이 우리 삼 남매 대학을 보냈고, 고향에 전답을 이루게 되었습니다. 섬이란 곳은 농사가 없습니다. 바다가 한 해 농사인 것입니다.

아버진 순하시고 여리신 분이셨는데, 그 마을에선 육지 사람인 착한 내 아버지에게 미역을 채취할 수 있는 조그마한 구역을 떼어 주셨다 했습니다. 마을회관인 우리 집 마당에는 가닥 가닥 길게 미역단이 눕혀있는데, 그 미역은 시간이 갈수록 까만 빛이 반짝반짝 튕겨져 나왔습니다. 생전 처음으로 엄마 아버지는 바다 일을 해보셨고, 잘 말린 자연산 미역은 마을 공동으로 판매하는데 거기도 아버지를 끼워주셨습니다.

그때 3만 원이란 큰돈을 처음 받아 오셔서 가장 먼저 시아버지 한삼 깨끼옷을 해드렸고, 고향에 논을 사셨다 하셨습니다. 유배지 같은 섬에서 아버지는 자식들을 가르치고 전답까지 일구신 분이셨습니다.

# 보호자

★

내가 임플란트 하러 치과에 가는데 엄마와 난 항상 함께 움직인다. 코로나 우울증도 있지만 엄마는 무서움증을 많이 타시기에 내가 가는 곳에는 언제나 엄마 손을 잡고 다닌다. 시청일 볼 때도 구청이나 세무서 일 볼 때도 대전 시장은 날 모르면 몰라도 우리 엄마는 알고 계신다.

오늘은 치과에서 있었던 일이다.

치과 치료를 받는데 내심 엄마는 딸 걱정에 진료실까지 들어오니, 간호사 선생은 온몸을 다하여 막아요. 위험하거든요. 비싼 의료기구도 있고요. 치과 선생님도 의아한 표정, 난 의사 선생님께 선생님 제 보호자 저희 엄마세요. 의사 선생님은 엄마를 보시면서 방긋 웃으신다. 그날 난 치과에서 이 3개를 뽑고 왔는데, 엄마는 잠도 못 주무시고 온 신경줄이 내게로 오는 걸 느낄 수 있었다.

엄마는 언제나 제 든든한 보호자이십니다.

# 우산

*

비가 주절주절 오고 있습니다.

엄마가 사주신 기아 레이 민트 차, 우린 언제든지 맘만 통하면 OK 입니다. 비 오는 날 드라이브도 참 괜찮지요. 오늘처럼 비 오는 날은 뜨거운 커피가 잘 어울립니다. 후후 불어가면서 마시는 커피, 자동차 양철지붕 토두락 토두락 섬도단집 추억이 그리워집니다. 우린 비 오는 날 시장으로 운동을 왔습니다. 제가 먼저 우산을 펴서 엄마 쪽으로 가서 엄마 옆구리를 꽉 잡고 행여 엄마가 비를 맞을까 우산은 언제나 엄마 편으로 기울어져 있습니다.

엄마는 절 부르십니다.

국이야, 넌 빚도 없고 그러니 빨리 일어설 거야. 너 새끼들도 다 좋고 또 너 옆에 엄마도 있으니 코로나 이겨낼 수 있으니 우리 힘내자. 네, 엄마. 대답했습니다. 그날은 시장 안 칼국수 집에서 난 들깨, 엄마는 보통으로 드셨습니다.

# 노세 노세 젊어서 노세

*

어찌 옛말이 틀린 게 뭐 있겠는가?

늙어지면 못 노나니 기운 없으면 여행도 못 가고, 돈이란 것도 쇼핑할 기운이 있을 때 필요한 거지, 구들장 짊어지고 있으면 무슨 돈이 필요하겠어요?

부모는 살 만하면 아프고 나 또한 나 살자고 하다 보니 부모는 늙고 병들어 효도할 시간도 후딱 날아가 버립니다. 철들자 이별이구나 참 비정한 세월입니다.

이제는 동네 한 바퀴도 수차례 쉬었다 또 쉬었다 하십니다.

붙잡아 드려야 하고, 인공관절까지 아마도 진액이 다 빠져서 골병나서 그럴 것입니다. 그래서인지 엄마에게는 잿내가 납니다. 애가 녹아 내려서 그러겠지요.

노세 노세 젊어서 노세. 늙어지면 못 노나니 얼씨구 절씨구 차차차 이 노래는 우리 세대의 우리 어머님의 노래입니다.

# 정말 속이 상해 1

*

점심 식사를 하신 후, 동네 한 바퀴 돌고 미장원 가신다는 엄마. 울 엄마는 똥은 싸도 매화타령 하신 분. 스카프도 40개, 코트도 많아요. 요즈음 네일 아트도 하신다. 그러다가도 때때로는 한 번씩 울화증 같은 벌떡증 있으세요.

그런데, 미장원에 다녀오신 후였다.

코트 벗고 모자를 벗으셨는데, 난 누워 있다가 용수철처럼 벌떡 앉았다. 엄마! 머리가 왜 이래? 남자 머리도 아니고 이게 뭐야? 핸드폰을 들고 미장원 샵으로 전화를 하려 하니 당신이 그리 짧게 하라 했다며 내 손을 잡는다.

엄마! 미쳤네, 미쳤어.

방방 떴습니다. 난 슬펐다. 난 울면서 엄마에게 폭발하듯 엄마 제발 이러지 마. 나 슬프다구. 이제는 멋 내는 것도 만사 귀찮아 하는 엄마를 보니까 너무 속상해.

엄마가 진짜 늙었다 싶어서 슬퍼 난 엄마 앞에서 엄마랑 말 안 해 하고 문을 꽝 닫고 나와 버렸습니다.

# 정말 속상해 엄마 답장 2

*

냉랭한 분위기, 엄마 뒷머리 모습을 보면 내가 순간 이동해서 요양 병원에 와 있다. 마르고 힘없고 병원복에 흰머리에 들쑥날쑥 짧은 커트 머리, 글 쓰는 이 순간에도 순간적으로 쓰림이 온다.

시간이 흐른 후, 난 궁금해서 엄마 방으로 가 본다.

엄마는 뭐하러 들어 왔냐? 엄마도 삐져있다. 뭐, 엄마 뒤 꽁지머리 안부 물어보러 왔지. 엄마 왈, 고맙다. 니가 미워한 엄마 뒷꽁지는 잘 붙어 있다. 쌩쌩한 바람이 분다. 나는 말 없이 엄마 방을 나온다.

뒷날 엄마가 나에게 오셔서 말한다.

고맙다. 난 참 복 많은 사람이다. 너 같은 딸이 있어서. 엄마가 너 맘 속에 전부이고, 엄마의 전부를 가슴 속에 품고 있는 우리 보배 딸이 있어서 진심으로 고맙다. 그러면서 내가 너에게 약속하마. 다시는 너 속상하게 이렇게 머리 자르지 않으마. 너가 이렇게 슬퍼하는데 엄마가 절대 안 하지, 약속하마.

엄마는 그리 저에게 오셔서 말씀해 주셨습니다. 전 그제야 안심이 되었습니다.

# 알약

*

한 번씩 몸살기로 동네 의원에 간다.

난 늘상 바쁘니 여유롭게 10일분 약을 받아 온다. 아침저녁 약을 먹을 때마다 울 엄마 생각이 순식간에 머릿속에 모아진다.

이날 이 평생 아침저녁 한 주먹씩 드신 엄마 알약 생각에 씁쓸하다. 당뇨약에 똥 잘 나오게 하는 약, 몸 근지러운약(가려움증), 혈압약, 눈약, 유산균, 오줌약 그야말로 한 주먹이다. 어쩌다 먹는 몸살약까지.

난 그때마다 내 엄마 한 줌 손안에 든 색색깔 수많은 알약이 내 목구멍에 걸린 듯 캑캑거린다. 세상 다른 엄마도 그러겠지. 내 스스로에게 쓸쓸한 위로를 한다. 사실 약 먹는 게 쉽지 않다. 물 양과 호흡과 타임이 잘 맞아야 부드럽게 쉽게 넘어가는 것 같다.

수십 년을 한 주먹씩 한입에 털어 드신 엄마 괴로움이 느껴진다. 엄마와 함께 괴로움을 못 해드린 게 미안했다.

# 어머니에 대한 논문 1

*

엄마는 나에게 오 박사라한다.

논문을 써도 100점 만점이라고 엄마에 대해 모르는 게 없다면서. 이런 오 박사가 되기까지는 그냥은 아니랍니다. 너무 슬프면 웃어지고, 너무 절망일 때는 입안에서 쓴물이 배입니다.

현재 엄마의 기억은 점점 노쇠해지고 깜빡깜빡 업그레이드 안 된 그 말 또 하시고 또 하시고 늘상 도돌이표이십니다. 나이가 들고 늙어 가면 이런 걸까요?

된밥에 김치 척척 걸쳐서 드실 때는 젊은 날일까요?

언제나 물 말아 드신 내 엄마. 예전 우리 할머니도 그랬는데, 엄마도 또 그러시네요. 속상하게요. 늙으면 기운이 없어서 물에 말아 드려야 잘 넘어간다 합니다. 오늘도 엄마 틀니 낀 잇속이 헐어서인지 처음 들어간 수저는 입 안에서 공 굴리듯 한참 동안 자리를 잡은 듯 넘깁니다. 유심히 엄마를 지켜보고 있으니 엄마가 그러세요. 우리 심청이 보배 내 딸! 넌 엄마가 오늘 죽는다 해도 후회는 없겠다.

난 속으로 엄마 아닌 데요, 후회된 게 있어요. 엄마랑 삼봉 화투 많이 못 쳐드린 게 그게 후회되어서 엄마 그리워 할 것 같아요.

# 어머니에 대한 논문 2

*

늙어 가면 추억으로 사는 것일까?

엄마는 회상하는 시간이 많아졌다. 물끄러미 혼이 있는 듯 없는 듯 홀려있는 엄마의 모습. TV를 봐도 아무런 뜻도 없이, 보고는 있어도 보지 않고 초점이 없는 눈으로 멍하니 TV 화면만 응시하고 있다.

엄마는 나에게 오 박사라 하니, 지금 엄마의 저 모습은 지금 마음은 선산의 아버지 묘 봉분을 더 올려야 하는데, 아들네들은 윤달이 되어도 소식이 없다. 그 생각 하고 계실 것이다. 난 슬며시 엄마 종아리 다릿살을 만져 보면서 아버지 생각하세요? 했더니 힘없이 고개를 끄덕이신다. 난 그런 엄마를 다시 부른다. 엄마, 발톱 잘라야겠어요. 벌써 살을 파고들어요. 그때서야 엄마는 마음이 돌아왔는지 날 보신다.

# 장난감

*

말 못 하는 장난감만 가지고 놀아도 재미있는데, 엄마하고 놀면 정말 재미나요. 바로 바로 반응이 재깍재깍 나오거든요.

오늘도 엄마가 지나간 자리는 크고 작고 흘리고 넘치고 사고들이 많습니다. 난 그때 엄마하고 찬바람이 날 정도로 쌩하게 부릅니다. 내 목소리에 울 엄마는 이크, 또 딸년이 잔소리를 하겠구나, 하는 것쯤은 눈치를 채셨는지 쌩하고 엄마 방으로 재빨리 들어갑니다. 눈치가 백단입니다. 하긴 함께 살아온 세월이 얼만데요.

엄마랑 노는 것은 말 못 하는 장난감에 비할 수 없을 만큼 재미나요.

# 한계

*

한계에 부딪히면 하염없이 나오는 것은 눈물입니다.

엄마가 저러시니 재미도 없고 텅 빈 공허감처럼 쓸쓸하고 내 몸은 초여름 실바람에도 풀썩 넘어질 듯합니다. 병원에 좀 가야 하는데 영 따로 육 따로 노는 것이 마치 유체이탈이듯 걷는 것도 바닷게처럼 옆으로만 멋대로 걸어집니다.

엄마는 저 방에서 홀로 계십니다.

같이 병원에 가자 해보았습니다. 제가 아프니 엄마는 더 아프시겠지요. 저도 그렇고 엄마 또한 우울증 때문도 있습니다. 엄마는 아시면서도 막무가내 떼쓰시고 모르시고 잊고 또 막무가내 하시는데, 엄마의 깜빡 깜빡 기억이 날아가는 것이 걱정되고 두렵습니다. 엄마는 현재 10살인데 난 왜? 아직도 엄마 뜻을 받들지 못할까? 전 아직도 부족하나 봅니다. 여기서 한계를 느끼게 됩니다.

# 빚을 지니 빚을 갚는다

*

엄마 젖을 먹고, 엄마 등에 붙어 졸졸 따라다니고, 엄마 아빠에게 걸음마를 떼고, 말문을 열고, 학비를 받아 학교 다니고, 진자리 마른자리 호호 불어가면서 행여 아플까 잔병치레 할까 바람이 거세게 불면 연탄이 불 가장 아랫목에 우릴 눕혀 주셨고, 그렇게 키워주셨던 엄마 아버지셨습니다.

돌고 도는 게 인생이라지만, 어떤 날은 엄마 변기통을 하루에 15번까지 치울 때도 있습니다. 허리를 굽혔다 일어섰다. 그런 날은 뒷다리가 좀 땡기기도 하지만 똥 치우는 것은 한마디로 멜로디입니다. 누워서 떡 먹기죠. 가장 속상하고 힘든 것은 엄마가 우기시는 겁니다. 오로지 당신 주장만 하고 깜빡 잊고서도 꼭 하셨다 우기는 게 그게 힘듭니다. 그때는 그렇게 어거지쟁이처럼 빡빡 우겨대는 엄마를 어떻게 달래야 하나 그것이 정말 힘듭니다. 그러다가도 내가 지쳐 쓰러지기 직전쯤이면, 엄마는 그런 나를 물끄러미 쳐다보다 글썽인 눈으로 이렇게 말해 내 가슴을 흥건하게 젖게 해요.

"내가 널 키웠더니 빚을 너가 나에게 갚는구나."

그리고 인생이 서글프다 하십니다.

# 휴전 끝에 오는 사랑

*

엄마하고 속상해서 끝내는 서로 마주 보고 울고, 저도 참지만 엄마도 참으며 속상한지 얼굴이 많이 부었습니다. 우리는 이렇게 냉전을 해도 서로를 걱정합니다. 화해를 해도 서로 걱정해서 울게 됩니다. 그것이 모녀지간인 것입니다. 엄마와 전 한 몸이기에 같이 속상하고 같이 힘들고 모든 것을 같이 겪어 나옵니다.

저는 엄마께 기분 전환하자고 피자 한 판을 시켰습니다.

피자를 들고 우린 엄마 방 침대에 피자 판을 벌였습니다. 비 온 뒤 더 굳어지듯 휴전 끝에 오는 소중함이었습니다. 그때 어찌 이제야 보였을까요.

"엄마, 여기 엄마 낙엽똥 있어요."

눈에 띄지 않아서 이미 말라버린 똥, 한 손엔 피자 한 조각, 한 손엔 물티슈로 나뭇잎 엄마 똥을 흔연스럽게 닦은 후, 콜라로 건배를 합니다. 우리에겐 이런 날들은 일상적이고 흔한 일이랍니다.

# 모아둔 생리대

*

엄마는 팬티형 기저귀는 일주일에 3번 그리고 평상시에는 예전에 우리가 쓰던 생리대를 쓰신다.

킁킁킁킁 어디서 오줌 지린내가 난다.

사냥개 코처럼 이곳저곳 구석을 뒤져 살펴보는데, 엄마 전용 변기통 옆 에어컨 뒷벽 쪽에 꾹 박혀 있는 생리대가 보인다. 그 생리대는 3등분으로 접혀서 6개가 나왔다. 하루 2개 쓰더라도 3~4일은 쓴 것인데 그래서 냄새가 났던 것이었다.

왜 우리 엄마는 일회용 비닐 팩을 아낀다고 계속 그곳에 넣고 넣고 묶지도 않고 또 쓰려고 할까? 생리대를 쓰고 팩에 넣어 묶어 놓으면 내가 치울 텐데 얼마나 절약한다고 아낀다고 냄새나게 그러실까?

그날 밤 몇 마디 했더니 서운하셨나 보다.

엄마는 자존심이 많이 상하신 것 같다. 푸념에 한탄에 원망에 늙고 병든 설움에 이불을 덮고 우신다. 나도 엄마의 마음을 모르는 것은 아니지만 너무 필요 없이 사소한 것을 아끼는 것이 정말 싫다. 남도 돕고 사시면서 왜 그러는지 속상하다. 난 어떻게 엄마 맘을 풀어드려야 할까. 이건 다른 문제도 아니고 엄마의 자존심 문제인데… 난 지금 심각하게 고민 중이다.

# 어머니의 고백

*

엄마는 저에게 물어보십니다.

내가 멍하니 있을 때 무슨 생각하고 있는지 아느냐고. 아버지에 대한 그리움도 아니고 고향산천 그리움 또한 아니고 자식에 대한 것도 아니랍니다. 그리고 이어서 말씀하십니다. 한 번도 배부른 세상도 못 살아 보셨다는 엄마. 아버지 만나 신념 하나로 아버지 병을 고쳤고, 미역 3단으로 전답 이뤄 허리띠 맨 그 세월 또 자식들 서울로 학교 보내려니 변변하게 걸치고 산 옷도 없었다는 엄마. 또 결혼시키자니 더 졸라매고 집 사야 해서 더 질끈 메고 살아온 세월이랍니다.

엄마는 절 부르십니다.

보배 내 딸아! 이제는 죽을 때가 다되니 부족한 게 없구나. 이것이 인생의 마지막 죽음으로 가는 길에 신이 준 선물인 것 같구나. 인생이 참 무상하구나. 서글프구나.

100년의 인생 가까이 살아왔고 이제는 갈 날이 다 되니 부족한 게 없다는 것이 서글프고 인생무상이라 하십니다.

# 당신의 갈 곳

*

엄마는 당신 죽거든 화장해 달라 하십니다.

엄마는 당신 돈으로 선친들 선산까지 묘비를 다 세우고 엄마 가묘까지 해두었습니다. 늙고 기운 없으시고 기억력도 사라지면 모든 것이 공허함 속에 인생이 덧없다 하면서 하루는 멀어도 한 달은 금방이라 하십니다.

고향 그 선산 앞에는 새 길이 생기면서 땅값이 올랐습니다. 늙으면 당신 것도 커가는 자식 앞에서 힘없이 무너진다고. 그래서 오늘은 당신 죽거든 화장시켜서 푸른 허공에 날려 달랍니다. 엄마의 깊은 뜻을 알겠지만 전 어떻게 해야 할지 모르겠습니다.

# 운명과 팔자

*

나이 드시면 생각과 눈물이 많아지나 봅니다.

밤사이 엄마와 많은 얘기를 했습니다.

너와 나 같은 운명에 니 운명이 내 운명인 듯 서로가 같은 운명인데 왜? 타고난 팔자는 각기 다른지 모르겠다. 엄마 마음이 아프구나. 니 팔자를 내가 보듬어 안아서 니 팔자만 좋아질 수 있다면 이 애미 무얼 못하겠냐. 그럼 애미 마음이 덜 아플 텐데. 제발 애미 팔자로만 같이 태어났으면 좋았을 텐데. 각자 팔자는 있나 보다. 혼자 바둥바둥 뛴 너를 보면 애미 마음이 아프다 그러십니다.

노년의 지금 어머니는 남들이 다 부러워하십니다.

## 병원비

*

노인네들은 밤새 안녕이라고들 한다.

간밤에 엄마가 식은땀에 토하고 설사하고 난 무서움이 덜컥 났다. 아침 일찍 병원에 예약했고, 피검사 소변검사 링겔 맞고 이것저것 검사하고 또 약국에서 약을 한 보따리 받아왔다.

병원비는 언제나 두 아들네가 책임진다. 그리고 액수가 그리 크지 않으면 내가 계산하는데, 엄마는 어디 아프면 나만 생각하는 것 같다. 엄마가 날 부른다. 병원비 너무 적게 나오면 두 아들네가 우릴 깐보니까 적당히 튕겨서 문자 보내라고 한다. 그렇게 3~4일이 지나면 통장으로 튕긴 금액보다 더 보내온다. 엄마는 그 돈을 나에게 준다. 코로나로 힘드니 보태라 하신다.

엄마의 마음은 몇 날이 지나도 한더위 비가 와도 더위가 물러가고 초가을이 와도 난 모르겠다. 쓰린 것도 아니고 슬픈 것도 아니며 좋은 것이 아닌… 잘 모르겠다. 그런데 아프다.

# 상속

*

엄마와 함께 1박 2일 코스로 여행을 가는 길에 오빠 집에 들렀다. 오빠는 우리를 볼 때마다 돈을 준다. 미안스럽긴 해도 잘 받아 챙긴다. 엄마에겐 오빠가 돈을 줬다고 알려준다.

엄마가 대전에 올라오신 지 3년쯤 지났다.

이제 연로하시고 기력도 없어서 오빠 내외를 볼 일이 많이 있는 것도 아니다. 힘도 그렇고 각자의 환경이 있으니 우린 여행가는 길이라 행복했는데 그날 오후는 장난이 아니었다. 오빠 내외는 A4용지에 상가를 상속받을 서류를 적어 가지고 와서 엄마랑 얘기하며 당장 읍사무소에 가서 서류를 떼자는 것이었다.

엄마와 난 놀랐다.

전혀 예측조차 못 한 여행길이었다. 오빠와 언니는 엄마 만날 기회가 많지 않기에 기회는 이때다 싶었는가 보았다. 그런데 엄마 생각은 달랐다. 아직은 때가 아니라는 것이다. 딸 집에 있으니 아직까지는 당신이 지니고 있어야 한다는 것이다. 아직 힘이 없다는 그런 뜻이다. 그날 밤, 엄마와 오빠 내외간의 분위기는 살벌… 난 쥐죽은 듯… 돈도 받았는지라 더 납짝….

엄마는 은밀하게 나를 불렀다.

"국아, 빨리 보따리 싸야. 어여."

토끼자는 것이었다.

이런 때는 도망가는 게 상책이란 뜻. 동지섣달 밤 8시에 우린 여행 가는 길에 들른 오빠 집에서 대전 집으로 급히 출발했다. 그날따라 눈길에 빗길에 탈탈 굶고, 엄마와 난 서로의 생각에 잠겨 말이 없고… 차창에 흘러내리는 진눈깨비처럼 지금 엄마의 가슴도 흥건하게 젖어 가고 있겠지. 내가 잘못한 것도 없는데 운전을 하면서도 자꾸만 곁눈질로 엄마의 표정을 살폈다.

그 사건으로 인한 엄마의 노여움은 컸다.

각자의 주장은 이랬다. 올케는 수십 년 동안 엄마를 모셨다 하고, 엄마는 내 집에서 손자새끼들 다 키워 줬고, 상가 월세 한 번 안 내고, 내 집에서 먹고 자고, 서울에다 집까지 사주고, 이미 해줄 것 다 해줬다는 것이다. 이 와중에 가운데 낀 나만 미움 받고 있는지… 힘있는 오빠 눈치가 봐졌다. 옛말에 때린 시어머니보다 말리는 시누이가 더 밉다고 하던데 날 두고 하는 말인지. 난 아닌데 좀 억울하기도 하다.

# 전원일기 종기네

*

친정엄마하고 서로 생각하다 보니 잘 싸웁니다. 그런데 그것도 엄마가 젊었을 때 얘기입니다. 지금은 연로하고, 지금은 엄마 마음을 이해합니다. 우리 엄마는 10살이다, 하고 눈높이를 맞춰드려야 합니다. 한때는 엄마하고 절반은 좋고, 절반은 싸웠습니다. 그때 엄마가 전원일기 중에 종기네를 얘기해주었습니다.

종기네는 양촌리에서 가장 부자이고, 아들이 또 서울대 다니고, 소도 많이 키우고, 농사도 많고 또 젊고 그런데 두 사람이 붙어 있기만 하면 자주 싸운다 합니다. 엄마는 그 얘기를 해주면서 이렇게 말합니다.

"엄마랑 너랑도 한 곳을 바라보고, 한 살림이며, 더 잘살아보자 해서 그렇단다. 전원일기 종기네를 생각해보니 그렇더라."

엄마 말씀이 참으로 삶의 연륜에서 터득한, 드라마 한 편에서도 삶의 지혜를 보신 명심보감보다 귀한 말이었습니다.

# 노환의 눈

*

엄마는 노환과 당뇨로 시력이 안 좋으십니다.

병원에서 준 눈에 들어가는 물약만 3가지, 어떤 날은 끈적끈적 눈곱이 눈꺼풀을 괴롭게 합니다. 또 어떤 날은 눈 건조증에 눈약을 넣으시면 콧잔등부터 입, 턱까지 주루룩 흘러내립니다.

이럴 때는 마른 수건을 차가운 물에 담가서 엄마 눈에 올려드리면 안압도 내려가고 눈이 시원하다고 합니다. 엄마 눈 때문에 걱정이 됩니다.

# 이발하는 날

*

우리 엄마는 왜 무면허인 나에게 머리를 깎아달라 할까?

난 그 이유를 알고 있다. 돈 안 쓰려고 그러는 게 분명하다. 그리고 이건 제 고백인데요. 엄마를 만지면 좋아요. 머리끝부터 발끝까지요. 전 엄마에 대해 모르는 것이 없어요. 엄마하고 놀면 재미있어요. 아무튼 엄마는 돈 안 쓰는 사람은 분명하다.

그럼 엄마 이발을 해볼게요.

먼저 보따리로 엄마에게 포장을 쳐요. 미용 도구도 다 있어요. 엄마 머리를 만지는데 몸이 아픈 끝인지 머리가 푸석거려서 금방 슬퍼지려 해요. 채깍채깍 앞머리 다듬고 옆머리 뒷머리 뒷목선은 비누질을 해야 해요. 눈썹칼로 잘 밀어내야 해요. 비누질을 안 하면 아프거든요. 하는 김에 눈썹도 예쁘게 손봐드려요. 참 예쁜 엄마입니다. 참 고우신 엄마입니다. 그런데요. 정말 그런데요. 엄마가 이렇게 예쁜데도 왜? 눈물이 날까요?

# 근심과 설움 차이

*

당신이 그러십니다.

내 인생이 뒤안길로 가는구나. 30년 가까이한 며느리 그리고 지금 나와 함께한 엄마는 큰아들 내외가 야속하나 봅니다. 명분이야 딸하고 추억 만들기였지만 고향산천 문전옥답 두고 온 벗들을 생각하면 눈물이 고인다 하십니다.

부모는 그러는 걸까요?

자식 위한 것이라면 행복을 위해 물러나 주는 것. 그러나 자식들로 애증이 반복되어서 가슴에 뜨거운 화가 차나 봅니다. 둘째 아들 도리맨도 특별하게 잘못한 것도 없는데 가만히 지켜만 본 무심한 그 아들도 서운한가 봅니다. 그 가운데인 못 사는 딸인 나는 근심거리인가 봅니다. 착하고 보배 같은 효녀 딸은 늘상 허덕거리고 사는 것이 근심이며, 두 잘난 아들네들은 잘들 살아서 엄마 마음엔 무언가 서운함에 설음만 크다 하십니다.

자식은 못살아도 근심 덩어리, 잘살아도 나름 서운하고… 부모 마음은 다 그런가 봐요.

# 북극의 힘

*

엄마는 우리가 북극의 힘-힘이라 하십니다.

한 곳을 바라보고, 같은 생각을 하고, 한 울타리 한 넝쿨이듯 따로 따로 국밥이 아닌 게 힘이라고 합니다.

우리 엄마는 정자나무 아래 옹달샘입니다.

아무리 퍼마셔도 다시 샘물이 솟아나는 것처럼 전 엄마로 인해서 힘이 들어옵니다. 지금도 코로나로 많이 힘들어 하니까 엄마께서 저를 위로해 주지요.

"니 창시가 내 창시고, 내 창시가 니 창시인데 너와 나 이 훈기 가지고 북극에서도 이기고 살아날 수 있단다. 그러니 힘내거라. 오늘도 힘내거라!"

오늘도 용기를 주셨습니다.

# 사돈 어르신의 아내 사랑

*

저희 사돈 어머니는 치매로 7~8년 누워계셨는데 똥 싸고 얼마 전에는 집에 불을 내서 집 전체를 홀라당 태워 먹기도 했습니다. 그 집안은 대대로 효자 집안이고, 동네 정자나무 옆에는 그 집 공덕비가 세워져 있습니다. 우리 사돈 어르신네는 시골에서 대농 집안으로 폐교된 학교가 그 집 농기계 창고입니다.

사시사철 농사일로 비가 오면 논밭으로 가야 하고, 겨울에는 특수작물 농사로 쉴 새가 없는데도 사돈 엄마 병간호 똥수발을 다 하시고 계십니다. 남들은 요양병원에 보내자 하지만 어르신은 절대 그럴 수 없다 하시면서 당신이 손수 기저귀 채우고, 목욕시키고, 죽 쒀서 드시게 하고… 그런 분이십니다. 그러면서 돈은 얼마가 들어도 좋으니 제발 숨만 쉬고 있어 달라 하시고 그게 바람이라 하셨습니다.

두 분은 서로 사랑하셨다 합니다.

이 세상 소풍을 끝내고 가시는 순간까지 사돈 어머니는 사돈 어르신 품에 안겨서 가셨습니다.

# 초대

*

코로나가 감기로 된다하고, 경로당도 문을 열고 해서 얼마 전에 엄마 경로당 친구분들을 가게로 초대했습니다. 열 분쯤 오셨습니다.

테이블엔 레몬 에이드와 시골에서 올라온 깐 바지락을 준비했습니다. 바지락은 이맘때 벚꽃 필 무렵이 속살이 통통하고 최고로 맛있을 때입니다. 전도 지지고, 치킨도 준비하고, 된장국에 밥도 준비했습니다. 전 몰랐는데 어르신들께서는 술도 좋아하시는 것 같아요.

울 엄마는 기세당당 했습니다.

나를 보며 감동 받았다고 좋아했습니다. 내가 엄마를 위해, 어르신들을 위해 준비하는 그 과정을 보면서 행복하셨나 봅니다. 어르신들 또한 기뻐하셨고 덕담도 많이 해주셨습니다.

그렇게 소박한 행사가 끝나고, 밤새 얘기 나누면서 보람도 느꼈고, 엄마가 행복해하니 따따블로 저도 행복했습니다.

# 기쁨조

★

엄마는 너 기쁨조 하기도 여간 힘들다 하신다.

이 옷 입으세요. 머리 자르세요. 드라이합시다. 네일할 때 됐어요. 그리고 목욕하세요. 화장하고 이쁘게 있으라 하고, 운동시키지, 머리 마사지 시간 체크하지, 똥꼬 검사 하지, 너무 힘이 부친다 합니다. 한시도 가만히 안 둔다고… 너 기쁨조 하기도 힘들다고.

엄마랑 놀면 재미있잖아요. 그런데 엄마는 힘드시나 봐요.

# 효자이신 그분

*

얼마 전 그분 엄마께서는 90세에 요양병원에서 돌아가셨습니다.

아들이신 그분은 67세이신데 참으로 효자이십니다. 엄마와 함께 한 방을 10년 넘게 함께 하셨고, 아침이면 동치미 국물에 호박죽을 엄마께 먹여 드렸습니다. 그렇게 좋아한 술도 10년 전에 끊었습니다. 그 엄마도 변비로 고생하셨는데 변기에 앉으면 함께 힘도 써 주시고 하셨답니다.

그분하고 한 번씩 서로 엄마 묻고 정을 나누고 삽니다.

한동안 연락을 통 못해서 얼마 전에 전화를 드렸는데 엄마께서 돌아가셨다고 하십니다. 돌아가실 무렵 음식을 넘기질 못하셔서 요양병원으로 가셨고 그 후 보름이 지나서 돌아가셨다고 하셨습니다.

그분은 저에게 그러십니다.

엄마 침대에서 엄마 냄새를 맡고, 엄마가 그립고 보고 싶은데, 꿈속에서라도 만나보고 싶은데, 뵙지 못하고 있다고 그런 말씀을 하셨습니다. 참 효자이셨는데 지금도 엄마 생전에 말씀을 많이 하십니다.

# 그 여동생의 아픔

*

제가 아는 어느 여동생은 집에 올 때면 늘 엄마 드실 것을 정성껏 준비해 옵니다. 어느 날은 동생과 차를 한잔 마셨습니다. 당신의 엄마 말씀을 하는데 다 자기 잘못이라고 소리 없는 눈물을 흘렸습니다.

그 동생 엄마의 재산은 큰 올케가 다 빼돌린 후, 엄마는 시골 작은 셋집에 방 하나 얻어 드리고 그것으로 연락을 끊었다고 했습니다. 그 동생은 서울에서 직장생활하면서 엄마가 그렇게 좋아했던 것들을 가득 채워 기차를 타고 가면서 엄마 드실 생각을 하면 심장이 콩캉콩캉 뛰었다고 했습니다. 그런데 가서 보면 엄마는 전에 사다 준 것들은 아까워서 못 드시다 보니 시간이 지나 상하고 곯아 있었답니다. 그 동생은 그것들을 보니 화도 나고 속상해서 엄마 앞에 그걸 던지고 팽개치고 엄마에게 상처를 드렸답니다. 그 후 엄마는 영원히 가셨고, 그 동생은 엄마를 생각하면 가슴이 미어지고 또 미어진다고 자기는 죄인이라고 했습니다.

# 시묘지기

*

인간시대란 TV 프로그램에서 시묘지기 하는 아들 사연이 방송되었다. 부모님 묘 옆에 천막을 치고 아침저녁 뜨거운 공양을 드리며 무슨 사연인지 눈물을 훔칩니다. 한참을 보니 난 그 시묘지기 그 남자의 사연이 이해가 되었으며 나 또한 그러했을 거라는 같은 그 마음이었습니다. 그 어떤 산중이든 내 엄마 비문 앞에 무슨 무서움이 있으리요?

내 엄마, 내 엄마인데 무슨 두려움이 있겠는가?

한없이 그립고 구만리 하늘 끝이라도 찾아뵙고 싶은 분.

엄마 비문 묘 앞에서 엄마를 품듯 잘 것 같습니다.

묘를 그리운 엄마를 안듯이 안고 도란도란 얘기할 것입니다.

다른 사람들은 무슨 말을 할지 몰라도 난 그 시묘지기가 이해가 됩니다.

저도 그럴 수 있을 것 같아서 충분히 이해가 됩니다.

# 나무와 기차

*

엄마는 나무와 같습니다.

아낌없이 주고 그 밑동마저 다 내어 준 내 엄마십니다. 엄마는 달리는 기차와도 같습니다. 쉴 새 없이 달리고 또 달린 엄마 인생 같습니다. 달리는 기차 속을 보면 모든 인생사가 있습니다. 우리 엄마 뭉그러진 속 같습니다. 울 엄마 당신은 당신 창자까지도 다 빼서 우리에게 주기 때문입니다. 우린 그런 엄마의 진액을 받아먹고 성장했습니다.

엄마 우렁이는 껍데기 안 몸속에 알을 까고 새끼들을 외부 공격으로부터 보호하며, 자기 살을 새끼들에게 파먹게 한다지요. 그렇게 살을 다 파먹혀 생을 다 마친 엄마 우렁이는, 빈 껍데기는 물에 둥둥 떠내려간다지요.

엄마! 부디 건강해주세요.

# 운동 1

*

엄마의 종아리를 보면 많이 속상합니다.

다리가 돌돌 살가죽이 말려 돌아갑니다. 엄마 조금만 걸어 봐요. 그러면 몸이 천근이라 하십니다. 엄마를 위해 만들어 놓은 옥상 채전 밭도 머리를 들 수 없어서 가실 수 없다 하십니다. 종일 누워 계시면 머리 골치가 아픈데 전 걱정스럽습니다. 찬 공기도 좀 마시고 오면 머리가 덜 아플 텐데.

전 고민했습니다.

엄마는 동네 한 바퀴 걷는 것도 몇 발자국만 걸으면 주저앉았습니다. 어떻게 하면 종아리에 근육을 붙일까 곰곰 생각하다 불현듯 떠올렸습니다. 운동하는 장소를 엄마가 좋아하는 시장으로 하면 좋겠다고. 옛날 전통 시장은 엄마가 가장 좋아하는 곳입니다.

## 운동 2

*

오늘 가는 곳은 도마시장입니다.

엄청 큰 시장 같습니다. 시끌벅적 생기가 살아있습니다. 엄마도 좋은 기분 같습니다. 시장에는 의자도 없습니다. 평길은 엄마 먼저 보냅니다. 그리고 제가 뒤에서 엄마를 살핍니다. 불편한 길은 엄마 옆구리를 끼고 같이 조심조심 걷습니다. 엄마 발걸음은 아주 경쾌합니다. 엄마 힘차게 걸어보세요. 손도 활개 치시고요. 우리 엄마는 착한 학생 같습니다. 어깨선이 귀에 닿을 정도로 씩씩하게 하나 둘 활개를 치십니다.

# 운동 3

*

시장에는 볼거리도 먹을 것도 많습니다.

필요한 것도 사고 기분도 전환됐는지 엄마 컨디션이 많이 좋아졌습니다. 특히 엄마는 옷 전을 좋아합니다. 엄마는 본인 옷보다도 더 비싼 제 옷을 사주었습니다. 엄마랑 함께 다니면 보너스가 많이 생겨요. 야채 코너에 가면 콩나물도 덤으로 더 주시고요. 생선도 덤으로 더 줘요. 그리고 시장 사장님들은 엄마에게 오래오래 건강하셔서 시장에 자주 놀러 오시라고 덕담을 해주세요.

내일은 한민시장으로 가려 해요.

한 번씩 분위기를 바꿔드려야 식상하지 않으시고 좋아리 살이 붙거든요. 시장 사장님들은 우리 모녀를 많이 사랑하고, 기억하고, 반겨주십니다. 엄마를 따라다니면 꼭 제가 대접받는 것 같아요.

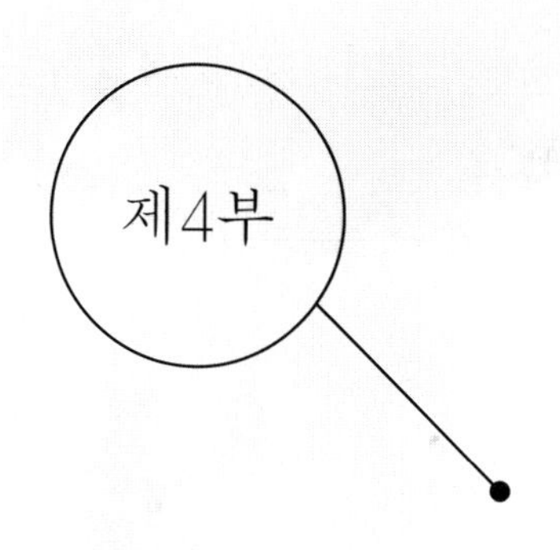


# 마지막
# 내 어머니께
# 드린 글

# 보행기

*

엄마는 최근에서야 보행기를 밀고 다니신다.

엄마 친구분들은 모두 멋쟁이다. 엄교장댁, 김병원장댁, 주조장, 극장, 터미널 모두 엄마 친구이다. 그런데 연세가 있어 그런지 씩씩하게 걷지 못하고 몇 발 가면 쉬고 그런다. 고관절 수술, 인공관절 수술 모두가 그러신다. 그런데 멋이 무엇이라고 보행기를 끌지 않는다. 지팡이도 싫다고 한다. 그래서인지 모두 우산을 짚고 다닌다.

그러신 후 엄마가 많이 아팠다.

엄마는 우산으로는 도저히 안 될 것 같았는지 가장 먼저 보행기를 밀게 되셨다. 왕방울만한 꽃이 달린 모자 그리고 투피스에 검정 구두를 신고 처음 엄마 카를 끌으셨다. 신세계 패션쇼를 본 것 같았다. 그 후, 엄마 친구분들은 너도나도 그리하고 다닌다.

# 유골보석

*

엄마께 말씀드렸습니다.

엄마는 마지막 당신이 갈 곳이 어디로 가야 하나 저에게 얘기하십니다. 선산은 땅값이 올라서 그곳에는 자식에게 피해를 준다 싶어 가고 싶지 않다고 하십니다. 당신 혼자 생각이십니다. 그러시면서 화장을 해서 허공에 날리라고 그러시는데 서글퍼집니다.

전 엄마께 보석으로 만들어서 제가 엄마 옆에 소중하게 간직하고 싶다 했습니다. 전 정말 그리하고 싶습니다. 요즈음 다이아 반지로도 만들고, 진주 옥구슬로도 만든다 합니다. 그렇게 보석함에 간직한다 합니다. 전 영원히 엄마 옆에서 있고 싶습니다.

엄마도 아주 긍정적이셨습니다.

정신 맑은 날 유서를 쓰신다 하셨습니다. 화장한 후 유골함은 딸에게 맞긴다는 것을 쓰신다 했습니다.

# 천둥벼락

*

5월로 가는 마지막 날, 아침 일찍 병원에 모시고 갔다.

하늘은 한순간에 새까맣게 되며 후두둑 후두둑 굵은 빗줄기가 쏟아졌다. 우리가 병원 입구 문을 연 순간 하늘에서 요란한 벼락과 곧이어 천둥소리가 났다. 지나간 영상을 찍으신 선생도 소스라치게 놀랐고 난 순간 본능적으로 엄마를 껴안았다. 엄마는 갑작스런 내 행동에 어리둥절해했다. 생각해보니 엄마는 귀가 많이 막혀서 벼락 치는 소리도 들리지 않았던 것이다. 엄만 참 다행이네 했더니 영상 찍으신 선생과 앞 카운터 간호사 선생도 우릴 보고 고개를 끄덕 끄덕하면서 웃으신다.

# 가고 싶은 섬

*

섬 산기슭에 붉게 탄 동백꽃, 그 섬에 가고 싶습니다.

엄마 더 늦기 전에 말입니다. 몇 번의 기회를 놓쳤습니다. 아버지와 함께 했던 그리운 섬. 염소젖을 짜고, 벌을 키우고, 백조가 놀고, 똑딱선을 타고 숭어를 잡았던 그 섬. 아마 지금은 그리운 그때의 분들은 모두 떠나고 후손들이 그 섬을 지키고 있겠지요?

해 질 무렵이면 연락선 확성기에 터져 나오는 뱃고동 소리 그리고 신나게 울려 퍼진 섬마을 아가씨. 그럴 때면 모든 섬 주민들은 아스팔트 길로 모입니다. 양복 입은 누구네 아들, 미니스커트 입은 누구네 딸, 누구네는 뭣뭣을 사 오네 등.

엄마는 바다가 보고 싶다 하십니다.

태풍 치는 그 파도 소리 거센 태풍 비바람에 비닐 봉창문이 덜컹거렸던 그 집 앞.

부모님의 청춘의 섬.

오약국 댁 그 집도 그립다 하십니다. 그 섬이 그리운 내 엄마. 저에겐 언제나 숙제인 그 섬에 꼭 가고 싶습니다. 이번에는 엄마 손을 붙잡고 꼭 떠날 것입니다.

# 여행

★

엄마와 여행 준비를 하는 중입니다.

아직은 다리가 불편해도 움직일 수 있으니까요. 이번 여행은 많은 의미가 부여되어 있습니다. 먼저 아버지께서 계신 공원묘지에 생전에 좋아하셨던 고기와 다른 것을 정성을 다하여 올리고 인사를 드렸습니다. 그리고 돌아오는 길에 윈도리집 영희 엄마 댁에도 들렀습니다. 살아있어서 꼭 만나야 될 텐데… 엄마는 기대와 설렘으로 영희 엄마를 만나고 왔습니다. 엄마의 옛 동무이며 한때 은혜와 정을 입었던 친구이기에 마음을 담은 봉투에 20만 원을 넣으셨다 했습니다. 죽기 전에 꼭 만나고 싶었다던 옛 동무.

엄마의 산천, 엄마의 고향집, 엄마의 초등학교 운동장, 잊지 못한 탐진강 그 강바람과 그 강물도 만져보고 모든 걸 다 기억 속에 담고 왔습니다.

# 쫓기는 시간

★

저 또한 엄마를 닮아서 약 중의 약 명약은 절약이라 절약하고 삽니다. 엄마는 제발 너 자신한테 돈 좀 쓰라고 하십니다. 늘 엄마한테 꽂혀 있지 말고. 전 엄마가 흘리신 무슨 말만 해도 바로 준비해드립니다. 항상 엄마 마지막 말씀을 귀 담아 듣고 있습니다.

오늘은 그러십니다.

날마다 우리가 밖으로 나가는데 도시락만 싸지 말고 우리 먹고 싶은 것 사 먹자 하십니다. 엄마는 저와 함께한 시간이 의미 있게 엄마 가슴에 추억을 만들고 싶으신가 봅니다. 당신의 시간이 너무 없다고 하십니다. 전 엄마 뜻을 따르기로 했습니다.

오늘은 도시락을 싸지 않고 근사하고 분위기 좋은 데서 돈가스를 먹었습니다. 오늘도 난 엄마랑 추억 만들기도 하나 만들었고, 샤브샤브도 갔었고, 유명한 커피라떼 집도 갔습니다. 추억 만들기는 계속 고고~ 입니다.

# 두 아들에게 유언

*

엄마는 그러세요. 이게 엄마의 유언이다 생각하라 하셨어요. 잘 나간 두 아들에게 하고 싶은 말이래요.

첫째, 장남 우리 큰아들 엄마 몰래 곗돈 뽑아가지고 간 돈 꼭 받고 싶데요. 늙은 엄마 그 돈 모으느라 청춘 다 흘렸다고. 이건 큰아들에게 한 유언이고요.

그리고 둘째 아들은 졸업과 동시에 청첩장을 같이 들이밀었으니, 죽기 전에 한 달치 월급에서 10원도 안 빼고 한번은 모두 받고 싶다 했어요. 이것은 둘째 아들에게 한 유언입니다. 그러시면서 절 부르세요.

"국아, 아마도 둘째가 힘들겠지? 액수가 커서."

그러시면서 엄마는 혼자 흥얼거리세요.

"자식 재물은 꿈에 본 재물이라 백날 뭐라고 하며 뭐하겠니?"

# 당신의 복

⋆

먼저 떠난 아버지 산소에서 엄마는 아버지 이름을 부르세요.

오철씨! 뭐가 그리 급해서 빨리도 갔는지 당신이 다 일구어낸 그 자리에서 나만 이렇게 대접받고 있어서 당신에게 미안하고 고맙소. 나 아프면 두 자식들 돈이 얼마든지 들어가도 좋으니 나 살린다고 하고, 당신 효녀 입의 혀 같은 딸은 내 옆에서 내 뜻 다 받아주고, 남들은 똥수발이 세상에서 가장 큰일이다 하는데, 당신 딸은 내 똥 치우는 게 누워서 떡 먹기라 하오. 나처럼 복 있는 사람 어디 있겠소? 나 쓸 것 다 쓰고도 남고 아무튼 당신 덕분에 나만 늦게까지 복 받고 있어서….

지금 보니까 당신 그 나이는 청춘인데 빨리도 가셨네 하십니다.

# 20만 원

*

오빠는 내가 고생한다고 한 번씩 돈을 보내주는데, 이번에는 20만 원을 보내왔다. 이때쯤 되면 껍질이 헐떡헐떡 벗겨지는 복숭아를 엄마에게 사드리라고. 오빠가 엄마에게는 말하지 말라는데 난 그럴 수가 없었어요. 엄마께 말씀드리고 복숭아 사고 남은 돈 십만 원도 드렸어요.

그날 밤 엄마는 저에게 그랬어요.

자식은 부모에게 못 해줘도 서운해서 눈물 나고, 좀 잘 해줘도 가슴이 찡한 것이다. 그래서 또 눈물 난다 하셨어요.

# 몰래 아프기

*

노모랑 살면 절대 아파서도 안 돼요.

노모가 잠을 못 드시거든요. 안절부절못하세요. 그래서 엄마를 위해선 건강해야 합니다. 혹 아프더래도 몰래 아파야 하고 또 몰래 숨어서 약도 먹어야 합니다. 아파도 웃어줘야 해요. 제 몸은 제 몸이 아니고 엄마꺼니까요.

가게 새벽 장사를 늦게 마치고 들어오면 엄마는 제 발 마사지를 해준다고 하세요. 싫다 하면은 엄마는 서운해하세요. 같이 늙어가는 자식인데도 노모 눈에는 아이로 보이나 봐요. 제 가는 발목을 만지실 때 많이 염려하고 행복해하시니 맡겨 드리는 게 효인 것 같아요.

종일 종종거리면서 돈 번다는 딸이 짠하시나 봐요.

그땐 어머닌 지난 과거를 회상해요. 우리 공부시켰던 지난 얘기, 소풍 간 얘기, 수십 년 타임머신을 타듯 그날 밤도 많은 얘기를 하셔요.

# 출근길

*

엄마가 오랜 우울증으로 갈수록 벌덕증이 많아지셔서 집에 계시면 숨이 막힐 것 같다고 해요. 그래서 전 가능한 항상 밖으로 출근합니다.

이 시장 저 시장도 가고, 식자재 도매 상회도 가고, 맛있는 것도 사 먹고, 도시락 싸 들고 공원에도 가고, 비 오는 날은 분위기가 더 좋아서 가고, 눈 오는 날은 자동차 길이 막히지 않으니 좋아서 그래서 나갑니다.

벚꽃 피는 봄이 되면 도시락 까먹고, 커피로 분위기 잡고, 요즈음에는 민화투에 삼봉까지 섭렵했습니다. 10원 빵입니다. 치매에 화투가 좋다 합니다. 전 저녁에 잠잘 때면 낼 출근할 스케줄도 잡아둬야 합니다. 엄마가 계시니 내 마음은 오로지 엄마로 가득 차 있어 행복합니다. 같이 있어도 그립고 보고 싶은 제 엄마입니다.

내일은 어젯밤에 삼봉으로 엄마 돈을 2백 원이나 땄으니, 돈 잃고 무척 속상한 엄마의 기분도 풀어줄 겸 어디로 출근해야 할까? 월드컵 경기장 쪽에 물회 좋아하시니 그집으로 고고~

# 싸움 끝에 성장

*

너무너무 속상하면 엄마랑 싸우게 됩니다.

엄마는 제가 자동차 키만 들어도 핸드백을 목에 걸치고 준비하고 계십니다. 엄마께서 무서움 타시니 저 또한 어디든 엄마와 함께 다닙니다. 그런데 꼭 어쩔 수 없는 자리, 같이 할 수 없는 그런 곳도 있습니다. 오늘은 엄마가 집에 있었으면 하는데 미리 앞장서 계십니다. 오늘은 그것으로 속상했습니다. 전 꼭 엄마 맘을 아프게 한 후에 철이 들까요? 내 어릴 적 "엄마, 어디가?" 바쁜 엄마 치맛자락 잡고 안 놓듯 지금 제 엄마가 옛날 저와 똑같습니다.

가여운 우리 엄마, 가엽고 속상한 우리 엄마.

# 달코롬한 커피

*

엄마는 당뇨를 40년을 벗 삼아 지내오셨습니다.

고기를 원래 싫어하신 분이셨습니다. 그런데 어느 날 보건소에서 방단섭님 부르셔서 가보니 피가 40대라 하셨습니다. 듣던 중 참으로 반가운 말이었습니다.

당뇨 환자분들은 단 것을 많이 좋아합니다. 특히 저희 엄마는 커피가 달코롬해야 드신답니다. 커피만 마시고 살았으면 좋겠다는 분이십니다. 전 오늘도 아이스 커피를 갖다 드리면 마냥 행복해할 엄마를 생각하며 걱정 반 흐뭇한 마음 반 갈피를 잡을 수 없습니다.

# 괴로운 날

*

어떤 날은 엄마는 떼쓰시고 자기 생각만 하십니다.

전 그때는 방법을 찾시 못하겠습니나. 87세에 서로가 감정 싸움하면 엄마는 체력이 연로하여 아프십니다. 그런데 오늘은 제가 더 아픕니다. 엄마가 하는 말을 듣고 있으면 저도 사람인지라 천불도 나고 그대로 알약 하나 집어 먹고 잠든 사이에 죽어버리고 싶을 때도 있습니다. 그런 날은 온몸의 근육이 수축되었는지 병원에 가야 합니다. 뒷목도 땅기고 어깻죽지 두 팔도 올릴 수가 없습니다. 제 가슴 또한 새까맣게 타기도 했습니다. 전 그땐 하늘을 보면 나도 모르게 주루룩 눈물이 떨어집니다.

엄마와 냉전을 오래 하면 안 되는데 하는 생각이 듭니다.

다행히 엄마가 변기에 똥을 싸신 것 같아 잘 됐습니다. 변기통 비우면서 엄마와 대화의 말문을 틀 수 있기 때문입니다. 그래도 우리 엄마잖아요. 제가 어렸을 때, 엄마에게 빡빡 우기며 대들 때, 엄마 마음도 이랬겠지요.

# 남동생

*

엄마 기억에 내 남동생은 어릴 적 단 한 번도 등 한 번 때려 본 적 없다 하십니다. 착하고 공부 잘하고 참을성 많은 엄마에게 좋은 막내아들이었습니다.

어느 날 병원 응급실에서 연락이 왔다.

위가 붙었다는 것이었다. 남동생은 중학교 다닐 때도 학교 앞 떡볶이집에도 안 가본 동생이랍니다. 착한 건지 답답이인지. 그 성격은 나이 들어도 똑같다 하셔요.

# 지지미 빤스

*

하루는 할머니가 반 팔 지지미 티를 가지고 재단하신다.

내 남동생에게 만들어 주려는 빤스라 하신다. 일단 내 남동생은 착한 순둥이고 또 그때는 속옷 문화가 여유롭지 않았다. 할머니가 만들어 주신 지지미 삼각 빤스는 아이보리에 잔잔한 꽃무늬였다.

하루는 체육시간인데 그곳은 중학교와 고등학교가 붙어있어 함께 운동장을 쓴다. 형이 물려준 고등학교 상의 체육복은 동생에겐 원피스 같았다. 그 원피스 속에 분홍 지지미 삼각 빤스를 입었는데, 안 보이니까 동생 친구들은 "홍기, 빤스 안 입었데요." 자꾸자꾸 놀림을 당했다고 한다. 내 동생은 "아니야, 나 빤스 입었어야." 그러면서 원피스 체육복을 살짝 올리면서 "봤지?" 그랬단다. 그런 착한 내 남동생은 엄마의 고단한 삶의 희망이었고 꿈이었다.

# 고추

*

엄마가 대청마루에서 책을 보고 계신다.

가을이면 뒷마당에서 감 떨어지는 소리가 한 번씩 들려왔다. 그날도 뭔가 후두둑 소리가 나서 엄마는 소리 난 쪽을 갔는데, 중학교 1학년인 남동생이 앞을 움켜쥐고 엄마 눈을 피하는 것이었다. 뭔가 수상함을 느꼈다.

엄마는 남동생을 불러 뭘 숨기느냐 앞에 가리고 있는 것이 무엇이냐며 혼내셨다. 그러면서 엄마에게 사실대로 말하면 용서해 주고, 거짓말하면 나쁜 사람이고, 남동생은 "엄마, 아들을 믿으란 말이에요." 그러면서 "이것은 고추란 말이요."라면서 울먹였다. 엄마는 순간 당황하여 남동생을 끌어 안고 그때야 아시고 "오냐오냐, 엄마가 몰라서 그랬다. 미안하다. 우리 아들이 많이 컸구나!" 그러셨다고 합니다. 제 착한 남동생입니다.

# 봉투

*

엄마는 막내아들 첫 월급을 당신 손에 한번 못 받아보고 처가댁에 2개 다이아 반지에 엮어 바로 결혼시켰습니다. 그런 아들이 서운한가 봅니다. 뭐가 급했는지 졸업장과 청첩장 들고 왔답니다. 엄마는 전답을 팔아 서울로 집 보태서 결혼시켰습니다.

아들은 한번도 빠짐없이 월요일은 전화하는 날이며, 수십 년을 명절은 얼마, 제삿날은 얼마, 생신날은 얼마, 꼭 인간 저울처럼 정해졌으며, 마누라 앞세워 당신에게 돈 주는 것을 못마땅해합니다. 화가 난 엄마는 하루는 남동생을 골방에 데리고 가서 쥐어뜯어 놓고 두들겨 패대기를 쳤다 합니다. 넌 사람이 아니고 기계라면서요. 그리고 꼭 니 마누라 앞에서 돈 주냐고.

그 후 1년이 지날 무렵 동생은 엄마를 조심스럽게 몰래 부르더랍니다. 그때 그 방 골방으로 들어가서 봉투를 엄마께 주면서 "엄마, 이건 동윤 엄마 모르는 돈이에요." 그 봉투를 보고 엄마는 반분이 풀렸다 하세요.

# 작은아들은 고민 중

*

내 남동생 도리맨은 누나인 날 왜 못 믿어 할까?

일부종사 못했다고?

그리고 엄마랑 늘 쿵짝짝 한다고?

나도 할 말은 있는데… 운명이 어찌 내 맘대로 되는 것도 아니고, 누군 이혼하고 싶어서 했나. 동생에게 묻고 싶은 맘인데. 생각해보니 설움도 많았던 담 높은 시댁. 난 뼈대 없는 집안이었고 아니 아니 왜? 이야기가 이쪽으로 흘렀지?

엄마가 대전으로 오셔서 2년쯤 되었을까?

결혼해서 지금까지 수년을 하룻날도 어기지 않고 작은아들은 엄마에게 용돈을 보내왔고, 매주 월요일은 엄마한테 전화하는 날이다. 해외에서도 한다.

초여름이었을까. 그날은 엄마가 당신 통장 정리를 하면서 작은아들에게 목돈을 주고 싶었다며 직접 전화를 하셨다. 가만히 듣고만 있는 작은아들. 엄마는 통장 번호를 찍어 달라는 말씀을 하신 것 같았고 그리고 또 동윤 에미랑 의논해 보라고 엄마 뜻을 전하고 끊으셨다.

돈의 액수가 작지는 않았다.

일주일에 한 번씩 왔던 전화는 2주째가 넘어갔다. 엄마와 난 서로 그쪽 공기가 엄청 궁금했었다. 엄마, 지금 두 부부 엄청 행복한 고민 중이겠지? 덩달아 우리도 좋아했었고. 그런 후 동생에게 전화가 왔는데 그 돈 누나 힘드니 누나에게 주세요. 그리고 끝이 나버렸다.

# 엄마는 지금 고민 중

*

엄마는 큰아들하고 속상하실 때가 있다.

오빠는 남자 중 남자인데, 남하고 친하고 남들하고만 좋아한다. 그래서 집안에서는 불만이었다. 하루는 엄마가 작은아들에게 하소연하셨다. 드센 니 형하고 정말 못 살겠다. 그러니 너랑 같이 살자. 엄마는 고분고분한 작은아들하고 살고 싶으신 것이었다. 작은아들은 엄마의 진정성을 받아들였고, 그 후 몇 날이 지나서 작은아들에게 연락이 왔다.

엄마!

엄마가 나랑 정 같이 살고 싶으면 엄마 수중에 단돈 십 원도 없다면 그럼 우리 죽이 되든 밥이 되든 같이 살아 봅시다.

그리고 또 바로 서울로 오시면 안 되고, 제3국인 누나 집을 거쳐서 오신다면 엄마랑 같이 살 수 있다고 동생은 엄마에게 그리 제안을 했다.

엄마는 잠도 못 자고 고민 중이셨다.

땡전 한 푼도 없이 빈 몸뚱어리만 오라는 데 돈 한 푼도 손에 안 쥐고 작은아들한테 가? 이 궁리 저 궁리, 십 원도 절대 안 된다는 작은아들 말에 엄마는 진짜 여러 날을 고민했다. 엄마는 작은아들에게 이렇게 전했다. 수중에 돈 없이 너만 보고 어떻게 살아 못 살지. 아마도 우리 남동생이 승인 것 같다.

# 대전에서 일등이래요

*

오늘은 월요일, 변함없이 울리는 전화 벨소리 작은아들 전화다.
난 옆에서 두 모자지간 얘기를 듣게 되었다.

홍기야, 대전이 어떤 곳이냐. 내가 대전에서 1등이더라. 노인당 가면 서로 속에 있는 말도 하잖니. 그런데 듣고 보니 나 같은 사람도 없더라. 첫째로 니 누나 같은 사람도 없고.

이 날 이 평생 하루를 빠지지 않고 전화하는 우리 작은아들 니 힘으로 엄마는 살았어. 니 형은 엄마랑 떨어질수록 더 잘하고 택배에 별것 별것들 생선이며 고기며 다 보내고… 또 내가 돈에 주리고 살기를 하니? 나 먹고 싶다는 것은 니 누나가 세상천지 것도 다 갖다 주고… 정말 우리 동네 노인당에서 알고 보니 내가 일등이었다고.

그날은 모자지간에 그간 일주일 내내 밀린 얘기하는 것 같았습니다.

# 두 번 드신 점심

★

내 남동생 도리맨 마누라도 똑같은 도리우먼입니다.

정말 똑같습니다. 작은아들은 1년에 1번씩 엄마를 초대해서 검진도 받게 해드리고, 이곳저곳 구경도 시켜드리는데, 엄마가 가장 좋아하는 곳은 남대문 시장입니다.

그날은 날 잡아서 엄마 모시고 뒤따라 다니는 날이기도 합니다. 동생은 회사 대표이기에 많이 바쁩니다. 한번은 유명한 철판 요리집에서 불쇼를 보면서 점심을 드시는데, 남동생이 엄마에게 조금씩 만 드세요 그러기에 엄마는 얼굴이 환해지면서 아이구, 우리 아들이 엄마 당 걱정하느라고 그러구나 내심 좋았답니다. 식사가 끝나고 남동생은 서울에서 유명한 냉면집이라고 또 엄마를 그곳으로 모시고 갔다 합니다. 엄마는 생각했대요. 이놈이 엄마 당뇨 걱정한 줄 알았는데 자기 스케줄이 바쁘니 점심을 두 번 먹이는구나. 엄마 생각이야 어찌됐던 그것도 행복일 수도 있겠지요.

# 아롱이 다롱이 형제

*

울 오빠는 화끈하고 밥도 잘 사요. 그리고 남다르게 정직해요. 오빠 동네 고향 찾아보면 오빠를 먼저 만나러 와요. 술도 잘 사고 밥도 잘 사고 한 마디로 사나이로 의로운 성격이랍니다. 올케는 우리 오라비에게 찍소리도 못하고 사는 것 같아요. 오빠가 무서워 그런지 70살이 다되어도 각 방 안 쓰고 한 방을 써요.

우리 남동생은 도리맨이에요.

화끈함도 없고, 의로움도 없고, 대신 약속 잘 지키고, 빈틈없고, 실수가 없어요. 부족하지도 않고 넘치지도 않는 수평을 이룬 저울 같아요. 우리 남동생댁은 공무원인데 도리우먼이 둘 다 똑같아요. 언제나 우리가 봐도 서로 부부 존중하고, 취미생활 같이하고, 의논하고, 항상 같이 다니고. 그런데 거긴 각 방 써요. 아무튼 두 형제는 각각 달라요. 한 뱃속에서 나온 형제인데 이렇게 다르다니 참 알다가도 모르겠어요.

# 집들이

*

남동생 부부는 3번 이사 끝에 경기도 과천에 새집을 마련해 집들이 했어요. 전 엄마만 앞세우면 모든 게 만사형통이에요. 엄마가 돈 보따리이거든요. 엄마가 계시니 돈도 많이 들어와요. 엄마 조금 편찮아도 다 돈입니다. 들어온 게 많아요.

오늘 동생 집에 도착해 보니 관악산이 한눈에 보였어요. 남동생 부부는 관악산 자랑을 엄청 했어요. 그리고 누구 장관이 청사가 있는 저기로 출근한다고 하더라고요. 엄마랑 전 흉봤어요. 우리하고 해당 사항이 없고.

때가 돼 점심을 먹는데 뭘 많이는 준비한 것 같긴 한데 기억에 남는 먹은 것은 풀떼기에 와인 한 잔뿐이었어요. 그렇게 돌아오다 보니 엄청 배가 고팠어요. 그런데 다행히 과천에서 싸준 풀떼기 빵을 또 먹었어요.

아참, 그 집 구경도 했습니다. 그 집엔 구석구석 없는 게 없었고, 드레스룸에 백들이 보였는데 고개가 사정없이 돌아가더라고요. 너무 많아서 순간 나도 모르게 "나도 백 좋아하는데…" 속없는 소리를 하고 말았네요. 그 말에 내 동생이 너털웃음을 웃었네요. 아무튼 엄마와 난 동생 집에 가서 풀떼기만 먹고 왔네요.

남동생은 그날 그 말을 귀담아 들었는지, 어버이날에 대전으로 엄마 뵈러 오면서 유명한 디자인 백을 사 왔어요.

# 오디오

*

남동생은 엄마와 내 앞에서 오디오 자랑을 했어요.

와인 한잔을 마시며 감상을 하게 되었고요. 기계 속은 잘 모르겠지만 기가 막히더라고요. 음향 음색이 나도 모르게 황홀감에 흐느적흐느적 빠져들 듯했어요. 남동생은 웃으면서 20년 용돈 모아서 샀다 하니 난 그 가격이 너무 궁금했어요. 20년이라 했으니 몇 백은 아닐 테고 "몇 천?" 했더니 고개를 설레설레 그래서 난 "억?" 그랬더니 끄덕끄덕 그래서 난 또 "몇 억?" 거기서부터 말을 안 해주었어요. 둘의 대화를 듣고 있던 엄마는 아무 말을 안 하셨어요.

집에 도착해서 엄마는 작은아들을 많이 씹어 댔어요.

그래 그래 비싼 집만 깔고 좋아하고 살아라. 또 관악산 많이 보고 실컷 살고, 누구 장관 출퇴근한 것도 보고 살아라 하시면서. 그 많은 돈으로 지 놀이개 사면서 허덕이고 살고 있는 지 누나 중고차 한 대 안 사준 놈이라고. 또 오디오를 큰 돈 주고 사면서 엄마 생각나서 몇 백이라도 엄마에게 주지 못하는, 그런 생각도 못한 찌질한 아들놈이라고. 야속하고 지 각시밖에 모르는 놈이라고. 월급 한 번 받아서 엄마한테 몽땅 준 적 없고, 졸업장하고 청첩장을 같이 내밀 놈이라고. 아마도 그날 남동생은 귀가 엄청 가려웠을 겁니다.

# 큰오빠

*

오빠는 글 쓰는 사람이고 기자다.

사업도 하고 요즈음에는 땅 사는 재미로 사는 듯 보인다. 오빠네 2층은 남자들의 로망, 오빠는 그 로망을 이루고 살고 있어요. 기타치고 반주하고 글 쓰고 그리고 누구에게나 고향 찾는 이에게 술 잘 사고 밥 잘사는 사람이다. 고향 찾는 이는 오빠 먼저 만나서 의논해요. 그런 한량인 오빠 뒤에는 항상 엄마의 버팀목이 있었다.

우리 오빠의 화려한 옛 추억을 말해 볼까요?

대학에 떨어져 서울 종로학원에서 재수해서 대학에 들어갔고, 군대 보냈더니 상사 이빨을 뽑아 집 몇 채가 날아갔다. 또 관덕리 저수지 아래 논 새마을금고에 잡혀 날아갔고, 그 논이 있던 자리에는 지금 대단지 아파트가 들어서 금덩어리 땅값이 되었어요. 엄마는 속상해서 그 말 좀 하면 말도 꺼내지 못하게 눈 부라려요. 그리고 또 엄마 친구 큰 곗돈을 몰래 뽑아 친구랑 써서 엄마가 다 물어내고, 서울에서 직장 한전에 다닐 때도 엄마가 아파트를 사줬어요. 그런데 아버지가 돌아가신 후 시골로 내려오면서 이리 떼어먹고 저리 떼어먹고. 그래서 엄마는 니 오래비 돈은 얼마든지 받아 써도 하나도 안 미안하대요. 무척 힘줘 말씀하시네요.

이런 말을 할 수 있는 것도 우리 오빠는 정말 동생들한테도 너무 잘해요. 마음이 뭉클할 정도로요. 다른 사람에게도 우리 오빠 마음은 바다예요.

# 오빠 집

*

오빠 집도 얼마 전에 큰돈 들여서 1~2층 인테리어 공사를 했다.

올케는 꽃가게를 하기 때문에 늘상 바빠서 목욕탕 가는 1시간도 아깝다 했다. 명절에 집에 가보니 목욕탕이 잘 되어있었다. 바닥도 난방을 해서 따끈따끈 김이 나고, 외풍도 없고 다 좋았다. 오빠네 집은 구석구석 부엉이살림 속 같았다. 아일랜드 식탁, 천장 에어컨, 대형 칸칸이 냉장고, 골프 연습장 또 2층에는 오라비 취미생활인 색스폰에 올겐 붕짝붕짝, 이 집은 또 비싼 마이크가 자랑이었다. 2층 놀이터는 없는 게 없었다.

오빠 공연을 보고 내려오는데 엄마 오셨다는 말씀을 듣고 사돈 어르신께서 엄마 뵈러 오셨다. 얼마 전에 사돈 엄마는 돌아가셨고, 모처럼 뵌 사돈 어르신 얼굴은 인물이 달 덩어리처럼 훤해 보였다. 나이 드신 어른들 속은 잘 모르겠어요. 엄마는 사돈네 인물 훤하신 게 좋으면서도 왠지 배가 아프신 것 같았다.

우리 올케는 오빠보다도 친정아버지를 먼저 생각해요.

결혼하고 얼마 안 돼서 친정아버지 보약을 챙겨 가지고 가는 길에 자동차가 뒤집어져 보약 건도 알게 되었어요. 엄마는 그러세요. 나 없는 내 집에 사돈이 거기서 살 것이다. 니 올케가 누구냐 또 사돈이 오며 가며 얼마나 딸네 집에 들랑거릴고? 엄마는 왜 배 아파하실까? 저는 엄마 그 마음도 이해가 되긴 돼요. 전 오 박사이니까요.

그 후 시간이 지나서 엄마는 또 그러셨어요.

사둔 네 얼굴 펴졌다는 것은 아마도 마누라가 세상 떠난 후(농사짓고 병간호 똥수발) 모든 게 마음적으로 정신적으로 몸도 이제는 안정을 찾아갔고, 니 올케가 또 정성껏 살펴드려서 그런 것 같구나 그렇게도 말씀하셨어요. 아무튼 오빠 집은 부엉이 속 살림집 이 집은 눈알이 핑핑 돌아가요.

# 오빠 아들 결혼

*

내 조카 혜민이는 군 공무원인데, 신통방통으로 공무원 여친을 만나서 결혼을 하게 되었다. 사돈네는 교장선생님 댁이다. 둘은 참 이쁘고 기특하다. 우리 장조카는 하늘의 천수를 마셨는지 남다르게 좋은 성격 울 오라비 성격을 닮지 않았다.

오빠는 사내 중 사내로 스케일이 크고, 입 무겁고, 성질 급하고, 각시 휘어잡고 산다. 그러니 올케언니하고 부부싸움이 잦을 수밖에. 오빠 내외가 예식장 부모석에 앉아 있는데 왈칵 눈물이 돌았다. 올케언니 때문이다. 고진감래로 저 부모석에 앉아 있구나. 그리고 축하를 받고 있구나. 시골 대농의 딸로 시엄마와 28년을 함께 했고, 그 와중에 성질 급한 남편 때문에 힘들었을 것이다.

난 올케언니가 자랑스러웠다.

그 인생이 고진감래였다는 것을 누구보다도 너무 잘 알기 때문이었다. 난 조카 결혼식 날 조카를 위해, 올케언니를 위해 손바닥이 아프도록 힘차게 박수를 쳤다.

"언니, 고마워요. 진심으로 축하해요!"

# 큰올케

*

엄마와 한집에서 30년 가까이 살았습니다.

엄마와 올케의 생각은 차이점이 있어요. 엄마는 내 집에서 세도 안 내고 꽃 장사해서 돈 벌고 전답 늘리고, 엄마가 손자들 다 키워주었다고 해요. 또 아들딸(손자들) 다 여기서 대학 보냈다며 엄마는 내 것으로 데리고 살았다 주장해요.

올케는 엄마 조심하면서 뜻을 맞추며 30년 동안 모시고 이제껏 살았다고 주장해요. 엄마가 여기 대전에 오신 지 4년이 넘었는데 올케는 아직도 엄마에게 해방다운 해방을 못 벗어나 있고, 얼마 전엔 친정에서 논 2천 평 정도 가져왔다 들었다.

엄마는 올케 해방시켜 주고자 딸의 집에 왔다 한다.

올케는 지금도 3일에 한 번씩 엄마에게 전화로 안부 인사해요. 한 달이면 2번 이상 꼭 엄마 드실 반찬 택배로 보내와요. 엄마도 올케도 서로 사랑하는 건 분명한데 생각에는 조금의 차이가 있는 것 같아요.

# 택배

*

오늘은 택배가 3개 왔다.

쌀 한 포, 오이 한 박스, 아이스박스 한 개. 시골 올케가 보낸 것이다. 오이는 하우스에서 바로 온지라 맛이 좋았다. 단맛에 오이 향이 그득했다. 난 택배가 도착하면 엄마를 모시고 와서 엄마 앞에서 택배를 푼다. 아이스박스에서는 낙지 한 뭉탱이, 취나물 미나리에 반지락 요즘 벚꽃 필 무렵 반지락이 참 맛있다. 부추에 알 반지락을 넣고 전을 지져 드리면 엄마는 좋아하신다. 그리고 돼지고기 한 뭉치가 또 있었다. 오징어 기타 등등에 취나물을 무치고 오늘 저녁상은 엄마의 고향 산천이 다 밥상 위에 올라왔다.

엄마는 세상 부자가 부럽지 않다 하며 행복한 저녁 진지를 드셨다.

# 오빠 비밀 1

*

시골에서 올라온 택배에는 쌀이며 고기와 생선이 들어있다.

지금은 코로나로 모든 소상공인이 힘들다. 보내준 택배로 살고 정수기 물로 버티고 있다. 돈 없으면 안 움직이면 되겠지만 비싼 집세 가게는 가만히 있어도 돈줄이 새어 나간다.

택배 받은 후, 시골 올케에게 고맙다고 얘기하면서 가게 일부를 좀 고쳐서 낮 장사를 더 신경 써야겠다고 했더니, 성질 급한 올케 왈, 아가씨, 오빠한테 말 좀 해보세요. 그리고 견적은 뽑아 보셨나요? 얼마 정도 든 데요? 천 단위는 넘을 것 같아요. 큰돈도 아닌데요. 억 단위도 아니잖아요. 오빠한테 빨리 말하라면서 올케 혼자 견적 뽑고 올케는 바쁘다.

그리고 한참 지나 답답했는지 전화가 왔다.

아가씨가 말 못 하면 대신 말해 준다고 하더니, 몇 시간 후 딩동 내 사업자 통장으로 돈 들어오는 소리가 났다. 천 만 단위였다. 그리고 바로 오빠에게서 전화가 왔다. 엄마 모르게 하란다. 엄마가 알고 남동생한테 말이 건너가면 괜시리 형제 우애가 의 날 수 있으니 세 사람만 알자고 한다. 그리고 힘든 시기지만 잘해보라 한다. 오빠 전화 받으며 올케와 오빠의 그 속 깊은 마음이 한없이 고마우면서도 한편으론 마음이 무거웠다. 비밀로 하라는 게 더 무거웠다.

# 오빠 비밀 2

*

가게는 한창 바쁘다.

수도공사, 전기공사, 홈바도 만들고, 등도 교체하고, 가게는 먼지 구더기 속이었고, 난 돈 70만 원이 아까워 쇠 수세미로 커피숍 바닥 50평 타일을 다 닦았다. 연거푸 새벽 3~4시까지 일을 했다. 그리고 몸살이 났다.

엄마는 아직 아무것도 모른다.

있는 돈으로 부족할 텐데 하는 생각 정도이다. 10일쯤 지나자 가게가 조금 정리되었다. 엄마는 주무시다가도 가게로 나오셔서 홈바를 만져보시고는 좋다~ 정말 좋구나 하셨다.

신메뉴로 수제 레몬차, 수제 대추차, 돈가스도 포함시켰는데, 찾아오는 손님들이 모두 분위기 좋아졌다면서 좋아한다.

시간이 지나고도 무거운 내 마음은 좀처럼 가벼워지지 않았다.

끝까지 입만 다물고 있을 일도 아닌 것 같아서 기회를 보고 있었는데, 오늘도 엄마는 물끄러미 멍하니 또 답답하신지 훼여~ 훼여 하신다. 지금 엄마 마음은 큰아들에 대한 애증이신 듯하다. 부모와 자식은 영원한 애증의 관계일까? 죽을 둥 살 둥 자식 다 키워 놓고 보니 어느

새 엄마는 세월의 뒤안길처럼 밀려나 있다.

난 엄마에게 비밀을 말씀드렸습니다.

엄마가 훼여 훼여 답답해하는 모습을 보자니 더 이상 감출 수가 없었습니다. 비밀을 들은 엄마의 첫마디는 “나에게 말하지 말라고 한 니 오빠나 올케의 마음에 숙연해지는구나.” 그리고는 내 손을 꼭 잡으며 덧붙여 말씀하셨어요. “국아, 넌 얼마든지 그 돈을 받을 자격이 있다.”

이 비밀은 엄마의 답답한 마음에 위로가 되었습니다.

엄마는 그 후부터 훼여 훼여 안 하십니다. 오빠는 아직 모릅니다.

# 고마운 두 올케

*

너무나 고마운 두 사람은 언니 올케와 동생댁이다. 오 씨 집으로 시집와서 자식을 생산하고 서로 남은 장사를 한 두 올케.

특히 큰올케는 그냥 언니였다.

스케일이 크고 성질 급한 울 오라비 만나서 힘들었을 텐데 고진감래로 일부종사해줘서 고맙고 감사하다. 좋은 날, 궂은 날 합하면 28년을 내 엄마와 함께해 준 고마운 내 언니가 너무 감사하다.

그리고 우리 동생댁이 과천으로 이사 가던 날, 뼈밖에 만져진 게 없었다. 긴 머릿속 안에는 댕구가 되어있었다. 일심동체로 한 부부가 이렇게 살아온 것 같았다.

결혼과 동시에 날짜 한번 틀린 적 없이 매달 엄마께 용돈 보내준 통장을 보면, 그 찍힌 날이 수 없는 날이었던 같다. 엄마 건강을 위해 가장 좋은 보약과 비싼 약을 사 들고 가장 먼저 달려온 부부에게 감사드린다.

두 올케께 진심으로 감사드린다.

# 우리 아이들에게

*

미안한 내 딸, 걱정스러운 내 아들 시후야, 대성아, 엄마야.

우리 아들 5살이었을까. 쌀쌀한 늦가을 탐진강 냇가 배까지 찬 강물 건너 엄마 찾으러 온 외갓집, 그런 네 모습을 엄마는 잊을 수가 없구나. 덜덜 떨면서 먹던 처갓집 양념통닭, 그런 내 아들 대성이.

우리 딸 어린 애가 한으로 원망으로 태양 불가마 품고 독하게 이기고 나온 가슴 시린 내 딸, 엄마가 미안하다.

엄마는 성공도 못 했다.

독하게 살지도 못 해왔고, 굶지도 못 해 봤고, 사랑도 안 해본 것도 아니다. 그래서 성공을 못 했다. 엄마는 누굴 미워한 적도 없고, 늘상 대충대충. 가진 것도 없는 엄마는 늘 역지사지 철학관이었을 거야.

엄마 또한 이별의 그늘에서 벗어나 성장하려던 것이 역지사지였단다. 소중한 우리 아들, 우리 딸, 정말 미안하다. 어떤 기준이 특별한 성공인지 모르겠지만 미안해, 진심으로 미안해.

# 혼자라는 나

*

외로움이다.

혼자라는 것은 전쟁을 치른 것 같은 치열한 길이다.

난 늘상 무장한 장수 같다.

내 삶의 잔인한 무게들. 산다는 것은 신의 가혹한 채찍일까?

참으로 허덕허덕 숨줄이 막힐 듯 말 듯 가파른 언덕길 한 중앙에 두 다리로 버티고 서 있는 게 내 삶의 길인 듯하다.

순례자의 길은 무엇일까?

이 또한 외로움일까?

아님 삶의 잔인한 무게를 스스로 버리는 걸까?

# 나의 성장 과정

*

내 엄마는 엄하고 무섭다.

혼자였던 길 인생길에서 스승 같은 내 엄마이면서 또 내 엄마는 나의 벗이다. 함께 눈물로 살아왔고, 니 창시가 내 창시요, 내 창시가 니 창시다며 그렇게 한 몸이 되어 살아왔다.

고마운 내 엄마, 노래방에서 가곡을 부르던 나를 보고 하염없이 측은히 바라보며 우시던 내 엄마. 서투른 피아노 치는 내 모습을 울면서 바라보던 내 엄마.

웃는 날도 있었다. 문턱 높은 곳으로 시집가던 날 그리고 한때 아이들을 가르칠 때, 학부모 엄마가 옷감 한 필을 선물로 보냈을 때, 그때 울 엄마는 환히 웃으셨다.

지금은 작은 가게를 하면서 알콩달콩 아프신 몸으로 심심해하는 엄마를 건드는 재미로 산다.

이제는 죽음을 바라보고 가는 인생의 여정에 난 혼자가 아니다.

스승 같은 내 엄마와 함께하니 외롭지 않고, 거침없고, 두려움도 없다. 하루하루를 알짜배기로 산다. 신데렐라가 아니면 어떠한가. 운빨

이 없으면 어떠한가. 이웃을 사랑하고, 무겁지만 무겁지 않고, 가볍지만 가볍지 않게 산뜻하게 살아가는 현재의 삶이 소중하게 느껴진다.

내 삶의 중심엔 소중한 내 어머니 교훈이 살아있다.

# 마지막 내 어머니께 드린 글

*

엄마!

내 사랑 가여운 울 엄마.

제가 부족하지만 이렇게 책을 냈어요.

엄마, 잘했다고 칭찬해 줄 기운은 있으세요?

피식 웃고 눈으로 말하고 끝낼 거죠?

그래도 괜찮아요. 엄마의 눈빛이 저에게 향해만 있어도 천지가 내 것이요. 뽀빠이처럼 어깨가 울퉁불퉁 힘이 나거든요.

엄마, 마지막 같은 또 하나의 시작.

엄마 사랑해요. 그럴 때면 아가~ 더 이상 무얼 사랑하겠니? 엄마는 그러셨죠? 심청이는 공양미에 팔려갔다지만 내 딸은 더한 효녀 딸이라고.

엄마, 비밀인데 책 내용 모르시죠?

엄마 흉본 것도 아닌데 좀 부끄럽고 창피스러워요. 제가 맨날 맨날 엄마 똥꼬 검사했잖아요. 그건 병원에서 균이 엄마 몸을 타고 올라간다 해서 그런 거에요.

그리고 이 책을 내면서 진중하게 많은 생각을 했어요.

내 나이도 60이 넘어 누가 봐도 할머니예요. 이런 할머니가 더 늙은 노모를 짝사랑하면서, 부모님이 늙어간다는 것은 이렇게 변화하는 것이다, 알려주고 싶었어요.

엄마♡♡

무정하고 또 무심한 세월의 순간순간이, 엄마에게 좀 더 잘해주지 못한 후회의 순간들이 회한으로 남을까 무섭고 떨려요. 하지만 어찌 됐든 지금 엄마와 함께하는 이 순간들이 나에겐 너무 소중하고 귀한 시간이에요. 그래서 전 이세상에서 가장 큰 부자인가 봐요.

천만번을 불러도 그리운 내 엄마!

저는 엄마를 사랑합니다. 영원히 사랑합니다. 그리고 다음 생에도 저는 엄마 딸로 태어나고 싶습니다.

— 딸 오국 올림